Y0-ARX-513
3 4028 06127 8975
HARRIS COUNTY PUBLIC LIBRARY

Reencuentro con el pasado

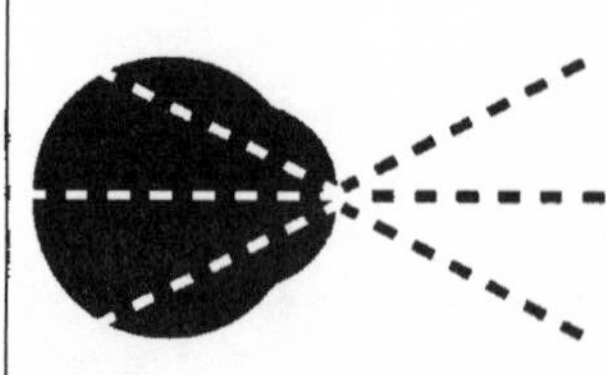

This Large Print Book carries the Seal of Approval of N.A.V.H.

Reencuentro con el pasado

Patricia Thayer

Thorndike Press • Waterville, Maine

Título original: A Child for Cade

Published in 2006 by arrangement with Harlequin Books S.A.
Publicado en 2006 en cooperación con Harlequin Books S.A.

Thorndike Press® Large Print Spanish.
Thorndike Press® La Impresión grande española.

The tree indicium is a trademark of Thorndike Press.
El símbolo del árbol es una marca registrada de Thorndike Press.

The text of this Large Print edition is unabridged.
El texto de ésta edición de La Impresión Grande está inabreviado.

Other aspects of the book may vary from the original edition.
Otros aspectros de éste libro podrían variar de la edición original.

Set in 16 pt. Plantin.
Impreso en 16 pt. Plantin.

Printed in the United States on permanent paper.
Impreso en los Estados Unidos en papel permanente.

Library of Congress Cataloging-in-Publication Data

Thayer, Patricia.
[Child for Cade. Spanish]
Reencuentro con el pasado / by Patricia Thayer.
p. cm. — (Thorndike Press large print Spanish)
Translation of: A child for Cade.
ISBN 0-7862-8780-2 (lg. print : hc : alk. paper)
1. Single mothers — Fiction. 2. Large type books.
I. Title. II. Series: Thorndike Press large print Spanish series.
PS3620.H39C48 2006
813′.6—dc22 2006012673

Reencuentro con el pasado

Capítulo Uno

Nunca creyó que la volvería a ver por allí. Cade Randell se apoyó en un poste, ajeno al bullicio de la celebración que estaba teniendo lugar. Todo su interés se centraba en la mujer de pelo cobrizo y ojos verdes del otro lado del patio. Tensó el cuerpo mientras examinaba la figura esbelta y rígida que, bajo una falda con adornos indios, una blusa color marfil y una cazadora de ante beige insinuaba el dibujo de sus curvas.

No podía negar que Abigail Moreau tenía muy buen aspecto. Pero un repentino dolor sordo en el pecho le recordó que hacía siete años que había dejado de usar ese apellido, desde su boda con Joel Garson.

En ese instante, ella miró en su dirección. Cuando sus miradas se encontraron, Cade vio cómo se desvanecía la sonrisa de Abby y era sustituida por una mirada de pánico, antes de apartar la vista.

Cade se irguió. No iba a permitir que ella lo ignorase. Apuró la cerveza de un trago largo, dejó la botella vacía sobre la mesa y cruzó el patio con la firme intención de recuperar una antigua relación. Pero al abrirse paso entre la multitud notó cómo el valor lo abandonaba.

Abby nunca había soñado que Cade Randell regresaría a casa después de tantos años. Estaba temblando y solo quería salir corriendo. Pero no tenía escapatoria. Cade la había visto y parecía decidido a hablar con ella. Siempre había temido el día en que volverían a encontrarse. Habían pasado casi ocho años. Tiempo más que suficiente para perdonar, olvidar y seguir cada uno su camino. Lo más probable es que solo quisiera saludarla.

Cade medía poco más de un metro ochenta y era el más alto de los tres hermanos Randell. Ancho de espaldas, era delgado y proporcionado. Vestía unos vaqueros negros, una camisa burdeos y botas relucientes de piel de zapa. Caminaba con soltura, sin manifestar prisa alguna. Abby respiró hondo y procuró aplacar el salvaje latido de su corazón.

Se detuvo frente a ella. Estaba tan guapo como siempre, pero una cierta dureza enmarcaba sus ojos hundidos. El pelo negro y muy corto aún conservaba alguna onda.

—Hola, Abby —dijo con voz profunda.

—Cade... me alegro de verte —respondió, mientras un escalofrío recorría su espalda. No pudo apartar la mirada de aquellos ojos marrones, los mismos que había visto cada día durante los últimos siete años. Los mismos ojos de su hijo. ¡Dios santo! No tenía que haber aparecido esa noche.

—¿De verdad te alegras de verme? —preguntó Cade.

—Estoy segura de que Hank está encantado de que hayas venido a su fiesta de cumpleaños —apuntó Abby con forzada espontaneidad.

—Es la única razón por la que he venido —aseguró—. Por Hank.

—Es un buen hombre —asintió Abby, para quien no había pasado desapercibido el tono enojado de Cade.

—Sí, y el único hombre en San Angelo que se hizo cargo de tres huérfanos.

—Ya he dicho que es una buena persona.

—Hablando de todo un poco —dijo Cade mirando a su alrededor—, ¿dónde está tú marido? No veo a Joel por aquí.

Abby se puso tensa. Por nada del mundo iba a dar explicaciones a Cade acerca de su situación.

—No ha venido.

—Lástima, quería felicitarlo personalmente —y Cade clavó sus ojos en los de Abby—. Solo quería decirle que no le guardo rencor. ¿Sigue trabajando para su adinerado padre?

—Mira, Cade, si quieres hablar con Joel no tienes más que llamar al banco. Él y yo ya no estamos... casados.

Abby solo pensaba en escapar, pero Cade la cortó el paso. Exhibía una sonrisa cargada de cinismo.

—¿Por qué? Formabais la pareja perfecta.

Abby quería evitar esa conversación a toda costa.

—Nada es perfecto, Cade.

Dando por zanjado el asunto, Abby encaminó sus pasos hacia el lado opuesto del jardín, pero no era todo lo rápida que cabía esperar. Cade la dio alcance. Sujetándola del brazo, la condujo hasta una zona apartada entre los árboles.

—¿Qué ocurrió, Abby?

—La verdad es que no es asunto tuyo —replicó Abby en voz baja. Quiso soltarse, pero no pudo deshacerse de él.

—Yo creo que sí me concierne —dijo Cade—. ¿No era suficiente para ti, Abby? ¿No podía satisfacer todos tus caprichos?

De pronto, Cade notó un débil empujón y sintió un dolor agudo en la espinilla.

—¡Suelta a mi mamá! —gritó una voz de niño.

Cade soltó a Abby y fijó su atención en un niño, de entre seis y siete años, que lo empujaba con todas sus fuerzas. Lo agarró por las muñecas y lo mantuvo a cierta distancia antes de que volviera a golpearlo.

—¡Eh, compañero! —dijo Cade—. Nadie está haciendo daño a tu madre. Solo estamos hablando.

El chico no estaba convencido. Logró zafarse de las garras de Cade y corrió junto a su madre. Así que Abby tenía un hijo. De nuevo, Cade sintió un dolor agudo en el corazón mientras seguía con la mirada fija en el chico.

—Está bien, Brandon —dijo Abby—. Este es Cade, el hermano de Chance.

El chico miró al extraño y luego a su madre.

—Pero te estaba sujetando igual que....

—No. Estoy bien —aseguró Abby y abrazó a su hijo—. ¿Por qué no vas a jugar con tus amigos?

Brandon protestó, pero finalmente accedió. Dedicó a Cade una mirada de advertencia y regresó a la fiesta a regañadientes. Abby se volvió hacia Cade.

—Lo siento. Desde el divorcio se ha convertido en mi protector.

Cade creyó ver algo en la mirada verde esmeralda de Abby. ¿Tristeza? ¿Miedo? Sintió cómo se le encogía el pecho. Pero, ¿por qué habría de afectarle que fracasara su matrimonio? Ella había tomado una decisión. Y no lo había elegido a él. Sabía que lo mejor era largarse, pero no se movió del sitio.

—¿De qué cree el chico que tiene que protegerte?

—No necesito protección alguna. Puedo cuidarme yo sola —respondió Abby con inusitada altivez.

Antes de que Cade pudiera abrir la boca apareció Travis, su hermano pequeño.

—Venga, Cade, vamos a brindar por Hank.

—Iré enseguida —dijo Cade, e inmediatamente miró a Abby—. Ya hablaremos.

—No tenemos nada que decirnos, Cade —contestó Abby—. Tú tienes tu vida montada en Chicago y yo seguiré aquí, con mi hijo.

Abby sonrió y Cade sintió un desgarro en el aire. De pronto, ella se había transformado en la bellísima joven a la que tanto amó en el pasado.

—Adiós, Cade.

—Vamos, hermano —gritó Travis—, nos esperan en el estrado.

Echó un último vistazo por encima del hombro y alcanzó a ver un destello de Abby. Algo le dijo que no la volvería a ver. Eso debería reconfortarlo. Pero entonces, ¿por qué le dolía en lo más profundo de su ser?

Cade subió al entarimado en compañía de Hank, sus hermanos Travis y Chance y la mujer de este último, Joy. Cerca de un centenar de personas habían acudido para celebrar el sesenta y cinco cumpleaños de Hank Barrett. Un ranchero que había pasado toda su vida en aquel lugar. Un hombre querido y respetado por todos. Un hombre que había acogido a tres chicos rebeldes cuando todos les habían dado la espalda.

Los mejores recuerdos que Cade guardaba de su infancia estaban unidos a su estancia en Circle B. No había tenido una vida fácil, pero tanto Hank como Ella siempre habían estado ahí. Sin contar a sus hermanos, era la única pareja en la que Cade podía confiar.

Levantando una copa de champán, Chance avanzó hasta el micro.

—Es fantástico ver a tantos amigos y vecinos en la fiesta de Hank —dijo, y se giró hacia él—. Ya sabes que la mitad solo han venido porque hay comida y cerveza gratis.

Todos rieron con ganas. Cade miró a su hermano mayor lleno de asombro. No era habitual verlo gastar bromas. Siempre se había comportado con suma seriedad. Cade supuso que Joy y la hija que acababan de tener tenían mucho que ver en ese cambio de humor. Era extraño cómo el amor podía transformar a una persona.

Dirigió la mirada hacia la multitud congregada en el patio y descubrió la figura de Abby al fondo. No se había marchado a casa.

Chance terminó su brindis y el público prorrumpió en un sonoro aplauso que sacó a Cade de sus ensoñaciones. Era su turno para hablar.

—Han pasado casi ocho años desde que estuve aquí por última vez —comenzó—. Pero Hank me ha recibido con los brazos abiertos, igual que hace veinte años cuando llegamos por primera vez. Por aquel entonces yo era un deslenguado que creía conocer todas las respuestas.

El homenajeado escuchaba el discurso muy tieso, tostado por el sol y sin perder la sonrisa.

—Hank me dijo que me quedaba mucho por aprender. Y me enseñó a limpiar los establos, dar de comer al ganado, marcar una res y colocar una herradura. Habilidades que me han servido de mucho en Chicago —añadió Cade entre risas, sintiendo la emoción del momento—. Pero la lección más importante que aprendí de este hombre fue que nunca hay que abandonar, por muy duro que sea un trabajo. Nada procura tanta satisfacción como el trabajo bien hecho. ¡Por Hank! —gritó Cade con la copa en alto—, para que vivas feliz muchos años.

Se hizo el silencio mientras todos los asistentes bebían y Cade, incapaz de evitarlo, buscó con la mirada a Abby.

Ella sabía que lo mejor hubiera sido marcharse, pero era su primera salida desde la muerte de su padre, acaecida seis meses antes. Y Brandon también necesitaba distraerse un poco. Desde que había terminado la escuela había permanecido aislado, pegado a sus faldas. Pero Abby no quería que su hijo se preocupara tanto por ella. Quería que se comportase como un crío normal y esa noche era un regalo para él. Pero, ¿era seguro quedarse más tiempo?

Al ver a Cade bajar del estrado y caminar en su dirección, supo que debía llevar a casa a su hijo. Mandó buscar a Brandon y planeó desaparecer antes de que hubiera más enfrentamientos. Pero no había tiempo. Cade estaba a punto de llegar y Abby se preparó para el combate.

—Solo quiero disculparme por mi comportamiento —comenzó diciendo Cade con sosiego—, no tenía derecho a hablarte así.

—Es cierto —admitió Abby, aunque en realidad era consciente de que Cade tenía todo el derecho para despreciarla después de cómo lo había rechazado. Claro que él nunca sabría que no había tenido otra alternativa—. Ya sé que nunca podremos ser amigos, Cade. Pero te deseo lo mejor. He oído que te va bien en Chicago.

—Tengo un buen trabajo —afirmó—. No

me puedo quejar.

—Siempre has trabajado duro. Me alegra saber que te van bien las cosas —sonrió protocolariamente—. Bueno, tengo que irme. Adiós, Cade.

Dio media vuelta y fue al encuentro de Brandon. Tuvo que esforzarse para aplacar el impulso de girarse y mirar por última vez al hombre del que se había enamorado la primera vez que lo vio. Pero Cade Randell pertenecía al pasado. Eso no se podía cambiar. Era demasiado tarde y había demasiados secretos por desvelar.

Cade no tenía el ánimo para fiestas. Necesitaba estar solo. Caminó hasta el establo. No quería que renacieran sus sentimientos hacia Abby. Después de tanto tiempo, creyó que podría volver y hacer una visita a sus hermanos, a Hank y a Ella. Creía superados los demonios del pasado. Cade paseó por el pasillo central de los establos, entre los caballos.

Había salido de San Angelo hacía ocho años. Entonces vio a Abby Moreau por última vez. Se había cortado el pelo a la altura de la barbilla y había logrado domar la melena roja y salvaje que le llegaba hasta la mitad de la espalda. Gruñó mientras el recuerdo de su pelo sedoso cubriéndole el cuerpo se hizo presente. Su simple presencia había bastado para hacerlo olvidar toda la crueldad del mundo. Entonces recordó las palabras de Abby el día de su marcha. «Lo nuestro nunca funcionará, Cade», había dicho con lágrimas en los ojos. «Yo no te quiero».

Abby tenía razón. Nunca hubiera funcionado. Ella quería a un hombre rico y que no se apellidara Randell.

—¿Qué estás haciendo aquí solo?

Cade se giró y vio a su hermano Chance avanzar hacia él.

—No estoy seguro de conocer a toda esta gente después de tanto tiempo —mintió. Pero la verdad es que no sabía si encajaba en ese mundo. Nunca lo había sabido.

—Demonios, la vecindad no ha cambiado tanto. Son los mismos de siempre algo más viejos. Y hay unas cuantas chicas muy bonitas esta noche.

—Será mejor que tu mujer no te oiga hablar así —dijo Cade, consciente de lo afortunado que había sido Chance al encontrar a Joy. Había sido el único hermano que había permanecido en Circle B.

—Joy no tiene de qué preocuparse —aseguró Chance—. Sabe lo que siento por ella. Pensaba en ti y en Travis. En estos años no habéis hecho otra cosa más que trabajar y ganar dinero. ¿Acaso aún no eres millonario?

—Me temo que ni eso es suficiente en estos tiempos —añadió Cade. Al fin y al cabo, eso era lo que había empujado a Abby a casarse con el hijo de una familia pudiente en vez de elegirlo a él.

—Me llevó mucho tiempo comprender que la mujer correcta no se preocupa por eso —expuso Chance—, si realmente te quiere.

—Esa es la cuestión, Chance. Pero no hace daño acumular una pequeña fortuna entre tanto.

—Me he dado cuenta que no le quitabas los ojos de encima a una joven.

—¿No soy un poco mayor para que andes vigilándome? —protestó mirando al suelo.

—Es la costumbre, supongo. Cuesta no ejercer de hermano mayor —sonrió con burla y apartó el sombrero, mientras el pelo caía sobre la frente—. ¿Te has fijado en lo mucho que ha cambiado Travis?

Cade movió la cabeza afirmativamente.

—Cuesta creer que ya no sea el estudiante escuálido de hace unos años. Y ahora dirige su propio negocio.

A los ojos de Cade, Travis y Chance parecían hermanos. El mismo pelo rubio y la mirada cristalina de su madre. Cade había tenido la desgracia de heredar los rasgos de su padre.

—Parece que algo tiene preocupado a

Travis —dijo Chance con gravedad.

—Sí, probablemente no sabe en qué gastarse todo su dinero.

Chance negó con la cabeza.

—Hay algo más. Apenas ha abierto la boca desde que llegó. Y se pasa el día pegado a ese maldito teléfono móvil. Mañana pienso enterrar ese cacharro bajo tierra. Es la única forma de que disfrute de las vacaciones.

Los dos hermanos rieron a un tiempo.

—Abby estaba muy guapa esta noche —dijo Chance.

Cade sabía que su hermano estaba tanteando el terreno. Era el único que conocía la relación que habían mantenido en el pasado.

—Eso es historia. Es mejor no removerlo. Además, me marcho dentro de unos días.

—¿Tienes que volver tan pronto?

—Tengo clientes que dependen de mí —mintió Cade. En calidad de asesor financiero, podía atender casi todos sus asuntos por teléfono o correo electrónico. Pero ya no pertenecía a aquel lugar y no quería quedarse.

—¿Sabes que se divorció de ese bastardo? —preguntó Chance.

—No me interesa. Ya me dijo una vez que no me quería.

—Todos cometemos errores, Cade. Creo

que el padre de Abby estaba más interesado en liar a su hija con Garson que ningún otro.

—Ella tenía una alternativa.

—Bueno, en todo caso ha pagado con creces. Tengo entendido que Joel tenía la fea costumbre de arreglar las cosas con los puños.

—¿Quieres decir que la pegaba? —preguntó Cade indignado.

—No estoy seguro. He oído historias y una vez me encontré con Abby. Tenía la cara llena de moretones. Dijo que se había caído.

Cade notó el odio correr por sus venas. ¿Cómo podía un hombre golpear a una mujer? Recordó cómo había temblado Abby cuando la sujetaba del brazo. Ahora comprendía la reacción de su hijo. Cade cerró los ojos y trató de apartar el dolor que había sentido cada día desde que ella lo abandonara. Pero, ¿qué clase de dolor había tenido que sufrir Abby?

—Voy a dar un paseo a caballo. Necesito aclarar las ideas —dijo Cade.

—Está bien —aceptó Chance con una palmada en la espalda—. Pero recuerda que estoy aquí si me necesitas.

Cade ensilló a Gus, un enorme caballo bayo. Chance le aseguró que el caballo lo traería de vuelta al establo si se perdía. Una vez en campo abierto, iluminado por la luna, Cade dio rienda suelta a Gus y le permitió correr a sus anchas.

Veinte minutos más tarde, Cade detuvo al caballo al pie de una colina y avanzó hasta una arboleda junto a un arroyo. Desmontó y dejó que Gus saciara su sed. Cade se sentó y dirigió una mirada nostálgica sobre Mustang Valley.

Él y sus hermanos habían estado allí muchas veces. Hank le había contado historias acerca de los caballos salvajes, que a menudo se habían refugiado allí para disfrutar del agua y la tierra fértil. En parte gracias a que nunca habían supuesto un estorbo para Hank. Muchas personas habían acusado a los Randell de ser igual de salvajes. Al igual que su padre, un ladrón de ganado que había sido enviado a prisión, ellos no eran buenos. Marcados para siempre, tras la muerte de su madre se vieron desamparados hasta que apreció Hank Barrett.

Solo con el tiempo llegó a comprender todo el bien que les había hecho Hank. Había conseguido que los hermanos Randell se sintieran valorados. Los había convencido de que el trabajo duro siempre obtiene recompensa. Cade se había esforzado en el colegio y en la universidad. Pero siempre había querido abandonar San Angelo. Allí, su nombre era sinónimo de problemas. Claro que no había planeado marcharse solo.

Estaba enamorado de Abigail Moreau, hija de uno de los rancheros más ricos de la zona. Su mirada se posó en un viejo roble y el recuerdo de su último día juntos invadió su mente.

Todo había ocurrido una espléndida tarde de junio. Cade había extendido una manta en el suelo. Estaba hecho un manojo de nervios mientras rebuscaba en los bolsillos el diamante que, con tanto esfuerzo, había adquirido tras no pocos meses de trabajo. No era una piedra demasiado grande, pero era todo lo que podía permitirse. Miró a Abby con devoción. Estaba preciosa con su larga melena pelirroja recogida en un pañuelo azul. Cade sacó la alianza y los ojos de Abby brillaron con la excitación del momento.

—Te quiero, Abby. Quiero que nos casemos y que vengas conmigo a Chicago. Sé que, de momento, no tengo mucho que ofrecerte. Pero cuidaré de ti.

—Oh, Cade —dijo Abby enjugándose las lágrimas—. Te quiero tal como eres. Sí, me casaré contigo.

Cade deslizó el anillo en su dedo y Abby se arrojó en sus brazos. Se besaron y, sin darse cuenta, acabaron tumbados sobre la manta. Cade se incorporó casi sin respiración.

—Creo que deberíamos ir más despacio.

—No quiero parar ahora —susurró Abby, buscando una respuesta afirmativa—. Quiero que me hagas el amor, Cade.

—Pero, Abby... dijiste que querías esperar —replicó Cade.

—Voy a casarme contigo, y quiero demostrarte lo mucho que te quiero.

Cade cerró los ojos para alejar el recuerdo de su cabeza. Pero no podía borrar las mentiras de Abby. Nunca lo había querido. Al día siguiente había recibido el anillo junto a una nota en la que ponía que eran demasiado jóvenes para casarse.

Cade paseó a lo largo del arroyo y recordó su ingenuidad al no creer en la nota. Acudió a casa de Abby para aclarar las cosas. Solo cuando Abby se lo dijo a la cara creyó en sus palabras. La puntilla llegó un mes más tarde, cuando Abby se casó con Joel Garson.

Cade lanzó una piedra al agua. Había pasado los últimos siete años trabajando día y noche, impulsado por la idea de que no era lo suficientemente bueno para Abby Moreau. Y ahora era un hombre de éxito. En parte, gracias a ella. Tenía suficiente dinero para comprar a gente como los Moreau o los Garson. Pero nada de eso importaba, porque lo único que deseaba no podía alcanzarlo. Ya era demasiado tarde, y nunca perdonaría a Abby.

Abby llegó a casa pasadas las once. Después de acostar a Brandon se retiró a su dormitorio. Estaba agotada, pero no podía conciliar el sueño. Bajó al primer piso. Desde la muerte de su padre, ella y Brandon vivían solos en el viejo rancho. Resultaba inquietante ver la casa tan vacía. Entró en el despacho de su padre y encendió la luz. Aquel había sido el refugio privado de Tom Moreau. Abby pasó junto al conjunto de sofá y sillón de cuero color canela. La amplia mesa de caoba miraba hacia una puerta de doble hoja que se abría a un patio enlosado, decorado con muebles de hierro forjado. Una piscina olímpica y una fuente ocupaban casi todo el jardín. Una valla de madera de boj, precedida por multitud de flores multicolores, cercaba la propiedad. Nada había sido suficiente para Tom Moreau. Había amado ese estilo de vida. Desdichadamente, no había podido pagarlo.

Abby echó un vistazo al montón de facturas impagadas sobre la mesa de despacho. En los últimos meses, había buscado la forma de liquidar todas sus deudas. Pero había sido incapaz de dar con alguna solución.

Necesitaba a un profesional, pero no podía pagarlo. Claro que tampoco podía seguir así. En última instancia, tendría que vender el rancho. Y ese era el legado de Brandon. Desde su divorcio, Abby sabía que el rancho sería lo único que podría ofrecerle a su hijo. Y había hecho todo lo humanamente posible para conservarlo. Había gastado buena parte del dinero obtenido en el acuerdo económico de su divorcio para pagar el impuesto de transmisiones y el resto en rebajar algo la deuda.

Sabía que no podía contar con Joel. Además, no quería nada de su ex marido. Casi tenía que suplicar por la asignación mensual. A su manera, Joel seguía golpeándola. Abby notó un escalofrío y se apartó de la ventana. Trató de olvidar el infierno que había vivido junto a Joel. Un matrimonio forzado por su padre.

Abby prefirió pensar en la tarde que había pasado en Mustang Valley, cuando Cade le pidió que se casara con él. Ella había aceptado inmediatamente. Por fin podrían mostrarse públicamente. Pero Tom Moreau odiaba a los Randell desde que el padre de Cade robara su ganado. Abby sabía que su padre se negaría, pero nunca imaginó hasta dónde estaba dispuesto a llegar.

Abby había entrado en el estudio luciendo

el anillo de compromiso. Su padre estaba en el despacho, como siempre. Abby solo tenía veintidós años y todavía se sentía intimidada por la figura paterna. Pero no podía permitir que su padre gobernara siempre su destino. Quería vivir con Cade a toda costa.

—¿Has estado con ese Randell? —preguntó su padre.

—Tengo derecho a ver a quien me plazca —dijo Abby con la boca seca.

—No lo creo —dijo Tom—. Eres una Moreau y debes seguir ciertas reglas. Entre ellas, alejarte de esa basura.

—Cade no es basura. Se ha licenciado y tiene un buen trabajo en Chicago.

—Bien. Entonces pronto se largará de aquí.

—Y yo pienso irme con él —gritó Abby encorajinada.

—No lo creo —sonrió su padre—, ya tengo planes para ti.

—Pero estoy enamorada de Cade. Vamos a casarnos.

Tom se sentó en el borde de la mesa. Aparentaba estar calmado, pero Abby podía notar la ira en su mirada.

—Ya sabes que se han producido algunos robos últimamente. Yo mismo he perdido muchas cabezas de ganado. Dos de los chicos me han dicho que vieron a alguien rondando y la descripción concuerda con Cade Randell.

—No ha sido Cade —balbuceó Abby horrorizada.

—Es mi palabra contra la suya. ¿Qué crees que pensarán los demás?

—No es justo. Sabes que Cade no ha hecho nada malo.

—Cometió un error al acercarse a mi propiedad.

Abby se estremeció al oír esas palabras. ¿Eso significaba ella para él?

—Entonces diré que estaba conmigo. No podrás hacer nada. Soy mayor de edad.

—Es mejor que no me lleves la contraria, niña —dijo su padre conteniendo su furia.

—Por favor, papá. Quiero a Cade —suplicó Abby.

—Si realmente lo quieres, déjalo marchar. Es la única manera de que no vaya a la cárcel. No te interpongas, hija. Mañana le dirás que ha sido un error. Voy a mandarte a Europa con la familia Garson. Su hijo Joel ha preguntado por ti —su padre esbozó una sonrisa franca—. Un buen chico.

—No quiero salir con Joel —contestó Abby.

—No tienes opción, si verdaderamente te importa ese Randell.

—Está bien, iré —aceptó Abby, consciente

de su derrota—. Pero tienes que prometerme que dejarás en paz a Cade.

Su padre la miró desafiante, pero finalmente accedió.

—Devuelve ese anillo por mensajero. No quiero que vuelvas a ver a Cade Randell.

Durante días, Abby había sopesado la idea de confesar a Cade la verdad. Pero sabía que su padre cumpliría sus amenazas si se enteraba. La semana siguiente partió rumbo a Europa con los Garson. Un mes más tarde, de vuelta a casa, todo había cambiado. Necesitaba hablar con Cade. Pero cuando lo llamó a Chicago, se negó a hablar con ella. Adujo que eran demasiado jóvenes y que habían hecho lo correcto. Roto el corazón, Abby había aceptado casarse con Joel.

Abby se secó las lágrimas. Nunca había dejado de querer a Cade Randell. Pero nunca habían tenido una oportunidad y ya nunca la tendrían. No después de que él conociera todas las mentiras y descubriera que tenía un hijo.

Capítulo Dos

A la mañana siguiente, Cade se despertó algo mareado. Supuso que la razón principal había sido la excitación del regreso, después de tantos años. Se había instalado en su antiguo dormitorio. No había cambiado nada. Pero si apenas había dormido se lo debía a Abby.

Después de asearse, bajó las escaleras. Toda la familia estaba desayunando en la luminosa cocina de tonos amarillos. Hank presidía la larga mesa de caballete y sus hermanos ocupaban los mismos sitios que antaño.

—Buenos días —saludó Cade mientras tomaba asiento.

—Ya era hora de que nos honrases con tu presencia —dijo Ella, que lo miraba con severidad, aunque sus ojos color avellana sonreían. Seguía siendo el ama de llaves de Circle B. a pesar del pelo gris.

—Yo también te quiero, Ella —bromeó Cade.

Bebió un sorbo de café y esperó a que hiciera efecto.

—Tendrás que volver a acostumbrarte a la vida en el rancho —dijo Hank.

—No creas. En Chicago me levanto temprano para conocer los índices bursátiles.

—Entonces es que intentas evitar la comida de Ella —bromeó Hank.

—No sigas por ahí —cortó Ella—. Joy me ha estado ayudando en la cocina.

Cade rio entre dientes, recordando que Ella nunca había destacado por sus habilidades culinarias. El día que no quemaba el estofado estaban de suerte.

—Siempre que no tenga que comer mi propia comida, todo irá bien —soltó Cade mientras guiñaba el ojo a Ella—. Fue una noche muy larga.

—Sí, toda una fiesta —añadió Travis con una sonrisa, aunque su expresión denotaba preocupación. Miró el busca que llevaba en el cinturón y sacó el móvil. Mientras marcaba, se levantó de la mesa y entró en la despensa.

Cade siguió con la mirada a su hermano pequeño. No se llevaban mucho, pero cuando él se marchó, Travis seguía estudiando. Ahora era casi tan grande como él. Y dirigía su propio negocio en Houston. Algo relacionado con sistemas informáticos de seguridad. La verdad es que no tenía mucha idea de lo que hacía la empresa de su hermano. Pero le iba bien. Vestía ropa cara y lucía un Rolex en la muñeca. Y había comprado regalos caros para Hank.

Parecía que, después de todo, los tres hermanos Randell se habían abierto camino en la vida. Lástima que vivieran en mundos tan separados.

—¿Qué tal el paseo de anoche? —preguntó Chance desde la otra punta de la mesa.

—Bien —contestó Cade—. Había luna llena y pude regresar sin problemas.

—Ojalá lo hubiera sabido —murmuró Hank—. Te habría acompañado. Había demasiada gente pendiente de mí. Todo ese barullo por un estúpido cumpleaños.

Ella se acercó y le sirvió un plato de huevos fritos con tocino.

—Si llegas a escaparte, Hank Barrett, te hubiera arrancado la piel a tiras.

—Lo mismo digo.

Todos se giraron al oír la voz de Joy Randell, que venía de la cocina y llevaba en brazos a la pequeña Katie. Rubia y menuda, cruzó la estancia hasta llegar a la altura de su marido, a quien besó antes de pasarle a su hija.

—Ha comido y la he cambiado.

—Hola, princesa —canturreó Chance, que fue recompensado con una sonrisa.

Cade presenció la escena con envidia. Todavía no terminaba de creerse su historia. Chance había encontrado a la joven viuda Joy Spencer en el granero abandonado de un vecino. Estaba de parto, y Chance terminó trayendo a la pequeña al mundo. Menos de dos semanas más tarde, se había casado con ella para proteger al bebé de su familia política. ¿Quién habría imaginado que Chance pudiera acabar de padre de familia?

—Ni se te ocurra echarles el ojo —amenazó Chance—. Estas dos señoritas son lo mejor que me ha pasado en toda mi vida.

—Yo tampoco he salido perdiendo —añadió Joy, cuyos enormes ojos azules irradiaban amor.

Cade también había pensado así en el pasado. Recuperó el recuerdo de Abby. Estaba preciosa la noche anterior. Todavía era capaz de acelerarle el pulso. Pero sabía que no valía la pena. Había sido engañado una vez y no tenía la menor intención de volver a caer en sus garras. Era mejor mantenerse alejado de Abby Garson.

Travis volvió a la mesa y su expresión era todavía más sombría.

—Tengo que volver a Houston. Tenemos un problema...con un cliente.

—¿No puede ocuparse tu socio? —preguntó Hank.

—No —dijo Travis mirando la hora—. Tengo que llegar al aeropuerto lo antes posible.

—Te llevaré —se ofreció Cade.

—Gracias, Cade —se giró hacia Hank—.

Siento no poderme quedar más tiempo. Volveré pronto, y entonces me quedaré una buena temporada.

—Te tomo la palabra, hijo —dijo Hank con los ojos llorosos y lo abrazó.

Travis se despidió del resto de la familia y subió a su habitación para preparar su bolsa. Cade salió y lo esperó junto a la camioneta. Pocos minutos después, Travis salió seguido de Ella, que llevaba en la mano un sombrero de paja.

—Cade, ¿Te importaría parar, de regreso, en el rancho de los Moreau? El pequeño Brandon se olvidó anoche su sombrero.

De ninguna forma pensaba detenerse en la propiedad de Tom Moreau. Lo más probable es que lo disparase nada más verlo.

—El chico debe tener cientos de sombreros. Seguro que no lo echa de menos.

—Seguro que echa de menos este. Su abuelo se lo regaló el día de su cumpleaños, antes de morir. Brandon siempre lo lleva consigo.

—¿Tom Moreau ha muerto?

—Hace seis meses —confirmó Ella—. Padecía cáncer. Ha sido duro para Abby y el chico. Así que no tienes nada que temer, ¿o sí lo hay?

Ella le dio el sombrero y regresó a la casa a toda prisa.

—Esta mujer esconde algo y no me gusta —musitó Cade.

Él y Travis subieron a la camioneta. Cade condujo por la carretera hasta la autopista. Miraba de reojo a su hermano.

—Espero que no tengas problemas.

—¿Qué? —contestó Travis sobresaltado.

—He dicho que espero que no tengas problemas en la empresa.

—Siempre hay problemas —adujo encogiéndose de hombros.

—¿Quieres hablar de ello? —preguntó Cade, visiblemente preocupado.

—Ya no soy ningún niño, Cade —masculló Travis.

—Despacio, amigo —dijo Cade—. Solo te estoy ofreciendo ayuda. Si no quieres hablar, perfecto. Pero quería que supieras que estoy aquí si me necesitas.

—No dirías eso si supieras... bueno, olvídalo.

Travis se puso a mirar por la ventana. A Cade no le gustaba el tono empleado por su hermano. Sabía que tenía algún problema.

—¿Así que eres tan testarudo que no piensas pedir ayuda?

—Podría pedir toda la ayuda del mundo y no serviría de nada —suspiró Travis.

Cade no podía forzar a su hermano e hicieron el resto del trayecto en silencio. Cuando llegaron al aeropuerto, Travis prácticamente bajó del coche en marcha. Pero Cade tenía que hacer un último intento. Abrió la puerta y dejó el brazo como una barrera.

—Llámame si necesitas algo, Travis.

Travis, maleta en mano, se giró y se encaró con su hermano.

—No, Cade. No quiero a la familia involucrada en esto.

Parecía tan solo, tan triste, que Cade estuvo a punto de ir tras él.

—Sea lo que sea, no puede ser tan malo —añadió con franqueza—. Por favor, déjame ayudarte.

Se miraron a los ojos un buen rato, sin decir nada.

—Es malo, Cade. Tan malo como lo que le ocurrió a nuestro padre —dijo Travis, y acto seguido, desapareció por la puerta de embarque.

Cade conocía el camino hasta el rancho de la familia Moreau de memoria. Nunca había sido bien recibido en aquella propiedad, pero había cabalgado por esas tierras tantas veces que había perdido la cuenta. Se había pasado buena parte de su juventud espiando a Abby.

Pasó con la camioneta bajo el arco de hierro forjado en el que podía leerse «Rancho

Ganadero Moreau». Sabía que ese terreno había llevado aparejada una de las mayores inversiones de la zona. Tom Moreau tenía otros negocios además del ganado vacuno, como ovejas y huertos. Y era dueño de otros terrenos.

No era extraño que no hubiera querido que su hija se juntase con alguno de su calaña. Pero si al menos le hubiera concedido el beneficio de la duda, él habría probado su valía. En todo caso, Abby no hubiera esperado tanto tiempo por alguien como él.

Cade vio aparecer al fondo la casa de ladrillo con las columnas de madera blanca a lo largo del porche sujetando la balconada del segundo piso. Aparcó la camioneta, tomó el sombrero vaquero y fue a la entrada. Quizás podría dejarlo allí para que alguien lo encontrara. «Deja de comportarte como un cobarde» se dijo. «No tienes que actuar como un ladrón, entrando y saliendo a hurtadillas».

Al acercarse no pudo evitar fijarse en la pintura descascarillada de la pared y las contraventanas. Echó un vistazo alrededor. Todos los edificios del rancho necesitaban una mano de pintura. Para su sorpresa, nadie había salido a su encuentro todavía. Pero no era asunto suyo. Se plantó en la puerta y llamó al timbre. Estaba a punto de dejar el sombrero y marcharse. En ese instante, la puerta se abrió y una mujer fornida lo agarró por los hombros y lo empujó dentro de la casa.

—Ya era hora de que apareciera —lo regañó—. La señorita Abby lo ha estado esperando. Vaya al estudio y espere allí.

Cade esbozó una sonrisa burlona mientras miraba el retrato de Tom Moreau que colgaba sobre la chimenea ennegrecida por el uso. Lo llevó mucho tiempo dejar de sentirse intimidado frente a tipos como aquel. Pero había aprendido por las malas que si tienes dinero, tienes poder. Y entonces puedes manejar a toda esa gente.

Cade se dirigió hacia la mesa del despacho, el único rincón desordenado de la habitación. Sintió curiosidad y hojeó alguno de los papeles. Por encima, parecía que las facturas formaban un solo montón. En una libreta pudo leer el nombre de Ted Javor, Contable.

—¿Qué estás haciendo tú aquí?

Cade no quería parecer culpable al girarse. Al ver a Abby, todos sus pensamientos se desvanecieron en el aire. Llevaba el pelo recogido, la cara lavada y la luz creaba una falsa ilusión de pecas sobre su nariz y sus mejillas. Unos vaqueros usados cubrían las piernas largas, delgadas, y ceñían sus caderas. La blusa blanca ajustada dibujaba la curva de sus pechos con excesiva precisión. No cabía duda de que era una mujer de rompe y rasga.

—Me han invitado a entrar —dijo Cade—. De hecho, tu ama de llaves prácticamente me ha secuestrado.

—¿Carmen te ha dejado entrar? —preguntó nada convencida—. Es difícil de creer.

—Puedes creer lo que quieras. Solo he venido porque tu hijo se olvidó el sombrero anoche —recordó, y acto seguido tendió la prenda hacia ella.

—Oh —murmuró Abby, algo perpleja—. Bien, te lo agradezco.

Se cruzó de brazos en un gesto que no invitaba a quedarse.

—Mira, Cade, estoy demasiado ocupada para charlas sin sentido. Ninguno de los dos queremos eso. Lo dejaste muy claro anoche.

—Eso no siempre ha sido así —recordó Cade—. Tú tomaste una decisión... hace años.

—Creo que estás abusando de mi hospitalidad —dijo Abby furiosa.

Cade sabía que había ido demasiado lejos.

—Espera, Abby. Eso no ha venido a cuento. Solo quiero decir que lamento lo de tu padre. Me he enterado esta mañana.

Abby no necesitaba enfrentarse a Cade

Randell ese día, ni ninguno. El hombre que había visto la noche anterior y que en ese instante tenía frente a ella distaba mucho del que había conocido en el pasado. Tenía la mirada de alguien con quien no desearías cruzarte. Si alguna vez descubriera la verdad... Gracias a Dios, el capataz se había llevado a Brandon a hacer los recados.

—Gracias.

—¿Marcha todo bien?

—Sí, estamos bien —replicó Abby, sorprendida por el repentino interés de Cade.

—Quiero decir que después del divorcio... Bueno, este es un rancho muy grande para una mujer sola.

Abby no tenía intención de discutir con él acerca de sus problemas.

—Tengo ayuda —mintió Abby. La mayoría de los empleados de su padre se habían ido. Solo podía permitirse el sueldo de Charlie y de su mujer, Carmen.

—No he podido evitar fijarme en que el rancho parece desierto.

Su mirada, negra y profunda, taladró a Abby hasta obligarla a apartar la vista.

—Mi padre estaba deshaciéndose de un buen número de cabezas de ganado —admitió Abby, que no pensaba decir nada más—. Escucha, tengo mucho que hacer. Espero visita.

—¿Un contable?

—¿Cómo lo sabes? —dijo Abby asombrada.

—Supongo que Carmen me ha confundido con él. Ni siquiera me ha dado la oportunidad de presentarme. He echado un vistazo a la mesa del despacho y he leído el nombre de Ted Javor en la agenda.

Cade sonrió y, por un momento, Abby recordó al chico que conoció una vez. Una ola de calidez recorrió todo su cuerpo, que también recordaba el pasado.

—Gracias por traer el sombrero —repitió, y se encaminó hacia la puerta. Cade, afortunadamente, la siguió. Pero se detuvo en el pasillo. Estaba tan cerca que Abby podía ver que se había cortado al afeitarse. Levantó la vista hasta encontrar los ojos de Cade, enmarcados por largas pestañas, y en cuyo interior brillaban reflejos dorados.

—Si estás pasando un mal momento, Abby, quizás podría ayudarte. Soy asesor financiero.

—Estoy bien —dijo Abby recuperando la tensión—. Soy perfectamente capaz de dirigir el rancho yo sola.

Cade quiso decir algo, pero no se decidió.

—Adiós, Abby. No volveré a molestarte.

Cade salió y Abby rezó por que eso fuera

verdad, ya que no se sentía con fuerzas para tener un nuevo encuentro con Cade Randell.

De vuelta en Circle B. a primera hora de la tarde, Cade aparcó junto a los corrales. Solo pensaba en pasar el día sentado tranquilamente tomando una cerveza, sin pensar en nada más. Al fin y al cabo, estaba de vacaciones. Era el primer descanso que se tomaba en años. Lo último que quería era tener que preocuparse por su hermano o por una antigua novia.

Camino de la casa, oyó un griterío proveniente del establo y decidió echar un vistazo. Encontró a Hank y a Chance, que estaban admirando la nueva adquisición del rancho: un potro castaño. Cade se acercó y descubrió, para su sorpresa, al pequeño Brandon Garson de pie junto a Hank. Por primera vez, pudo mirar al chico sin que este estuviera gritando. Era un buen mozo, de pelo negro, ondulado, y grandes ojos marrones. Un poco delgado para su altura. Cade sonrió. Había algo en Brandon que le recordaba a Travis.

—Te lo has perdido, Cade —dijo Hank—. Lady dio a luz esta mañana nada más irte.

—Ya lo veo.

Cade se acercó y notó cómo Brandon se echaba a un lado. Recordó entonces lo que Chance le había contado acerca del ex marido de Abby. Quizás también habría maltratado al chico. Cade tensó el cuerpo al recordar cómo su padre también solía pegarles con demasiada frecuencia. También a él le había costado recuperar la confianza en los adultos. No sabía la razón, pero era importante para él ganarse la confianza de Brandon.

—Es bonita, ¿verdad, Brandon? —preguntó.

El chico no respondió, pero Cade siguió insistiendo.

—Si llego a saber que venías, no te habría llevado el sombrero a casa.

—¿Mi sombrero? —dijo el chico por fin.

—Sí. Ella lo encontró y me dijo que era un regalo de tu abuelo y que significaba mucho para ti. Así que fui a llevártelo a casa.

—¿Has visto a mi mamá? —preguntó con la mirada sombría.

—Sí, pero estaba demasiado ocupada para hablar —dijo Cade encogiéndose de hombros—, así que me fui.

—Ya.

Cade no estaba haciendo muchos progresos. Se volvió hacia Hank.

—¿Cómo vas a llamar al potro?

—No estoy seguro —dijo Hank rascándose la coronilla—. He puesto tantos nombres a lo largo de mi vida que ya no se me ocurre ninguno.

—¿Y tú, Bandon? —preguntó Cade—. ¿Se te ocurre algún nombre?

—No lo sé —dijo el chico tímidamente. Entonces levantó la vista hacia el grupo con la mirada encendida—. Podrías ponerla Princess Star. Chance siempre llama a su niña princesa y el potro tiene una estrella dibujada en la frente.

Nada más decir esto, Brandon bajó la cabeza y se quedó mirando los caballos.

Cade vio cómo Hank y Chance intercambiaban una sonrisa cómplice.

—¿Sabes, Brandon? —dijo Chance—. Creo que ese sería un gran nombre. Y seguro que también será del agrado de Katie cuando crezca un poco.

—Entonces, ¿te gusta? —preguntó el chico.

—Más aún —acordó Hank—. Es perfecto.

Brandon sonrió mientras Hank lo despeinaba. Cade sintió una punzada en el pecho al ver el cambio de expresión del chico. Comprendió que quería provocar esa misma alegría en Brandon.

El grupo se rompió mientras los hombres se encaminaban a las cuadras. Charlie, el capataz del rancho Moreau, conminó al joven Brandon para que se quedara junto al establo.

—Yo lo vigilaré —se ofreció Cade.

Una vez solos, Cade guardó una distancia prudencial. Sabía que habían empezado con mal pie y quería poner en claro algunas cosas.

—¿Sabes, Brandon? Yo iba al colegio con tu mamá.

El chico no mostró reacción alguna.

—De hecho, estaba loco por ella. Era la chica más bonita del colegio.

—Sigue siendo muy guapa —dijo Brandon.

—Sí, es cierto —admitió Cade con una sonrisa.

Se arrodilló junto al chico.

—Quiero que sepas que yo nunca haría daño a tu mamá. Hice mal en sujetarla del brazo anoche. Y hoy le he pedido disculpas.

—Mi papá también pedía disculpas continuamente. Pero no lo decía en serio —recordó Brandon sin mirar a Cade.

—Bueno, yo no soy como tu padre —dijo Cade, procurando mantener la calma—. Hank me enseñó que hay que respetar a las mujeres. Por esa razón pedí perdón a tu mamá anoche cuando me pasé de la raya. Te juro que nunca he pegado a una mujer. Eso es de cobardes.

Brandon se giró y lo miró a la cara.

—¿De verdad has vivido aquí?

—Sí, después de que mi padre se fuera a…otra parte.

—Mi abuelo decía que tu padre robó ganado y fue a la cárcel. Y que ni tú ni tus hermanos erais buenos.

—Solo porque tu padre haya hecho cosas malas, eso no significa que tú seas mala persona, ¿verdad?

—No —negó Brandon con la cabeza.

—A mí me pasa lo mismo. Fui a la universidad y encontré trabajo en Chicago. Y te aseguro que jamás he robado ganado.

Finalmente, el chico sonrió y dejó ver el hueco de un diente caído.

—¿Tienes un rancho allí?

—No, no hay ranchos en Chicago. Pero tengo una casa. Es una ciudad enorme y trabajo en el piso veintisiete de un rascacielos.

—¿Y no echas de menos esto?

—Algunas veces. Echo de menos a mis hermanos, a Hank, montar a caballo y mi escondite secreto.

—¿Tienes un escondite secreto? —repitió el chico con los ojos abiertos de par en par.

—¿Es que tú no tienes uno?

—Sí, en el rancho de mi abuelo. ¿Me enseñarás el tuyo?

—Bueno, no lo sé —dudó Cade—. Si te lo

enseño, dejará de ser secreto.

—No se lo diré a nadie, te lo prometo.

—¿Harás el juramento?

—¿Qué juramento? —dijo Brandon perplejo.

Cade trató de recordar cómo era el ritual que él y sus hermanos utilizaban. Levantó las manos, escupió en cada palma, luego se limpió la saliva frotándose contra los vaqueros y cruzó las manos sobre el corazón.

—Es el juramento sagrado.

Cade, presa del asombro, vio cómo el chico rehacía paso a paso cada gesto. Al terminar, miró a Cade con orgullo.

—¿Ahora puedes enseñarme tu escondite?

—Supongo que sí —admitió Cade.

Empezó a caminar en dirección al granero, pero antes de que pudiera llegar muy lejos vio a Abby corriendo hacia ellos.

—¡Brandon! —llamó.

—Hola, mamá —saludó el chico abrazándola—. ¿Has venido a ver el nuevo potro de Hank? Yo le he puesto el nombre, Princess Star.

—Eso está muy bien, cielo —dijo Abby apretándolo contra sí—, pero tenemos que irnos.

Abby terminó por mirar a Cade. Todavía llevaba los vaqueros usados y una botas.

Llevaba el pelo suelto y Cade lo prefería así.

—Hola, Abby.

—Cade.

—Deberías echar un vistazo al potro.

—Sí, mamá. Es precioso —dijo Brandon, que tiró de ella en dirección al establo.

Abby no quería que Brandon y Cade estuvieran juntos. No sabía que Charlie tenía previsto pasar por el Circle B. cuando, esa mañana, le había dicho que tenía que hacer algunos recados. Había sentido pánico cuando Carmen se lo había dicho. Cade llegó a su altura. Estaba tan cerca que Abby podía sentir el calor de su cuerpo. Podía oler el aroma de su piel, desprovisto de todo tipo de colonias.

—Es preciosa —reconoció Abby, alejándose de Cade—. Hijo, despídete. Tenemos que irnos.

—¿Por qué no puedo quedarme hasta que vuelva Charlie? —protestó Brandon—. Cade iba a enseñarme su escondite secreto.

Inmediatamente, el chico se llevó la mano a la boca con una mueca de terror.

—Lo siento, no tenía que decírselo a nadie.

—Está bien —dijo Cade acariciando el pelo del chico—. Ella no sabe dónde está.

Pero Abby lo sabía todo acerca de los escondites secretos. Cade y ella habían compartido el mismo durante muchos años.

—¿No pensarías llevarlo hasta el valle, verdad?

Cade negó con la cabeza y luego sonrió.

—¿Así que lo recuerdas?

Abby apartó la vista. ¿Cómo podría olvidarlo? Había concebido a su hijo en aquel lugar. Y tenía que mantener eso en secreto.

—Otro día, Brandon. Vámonos —dijo y agarró a su hijo de la mano.

En ese momento entró Hank seguido de Charlie.

—Vaya, Abby —saludó Hank—. Qué sorpresa tan agradable.

—Hola, Hank —respondió Abby—. Lamento interrumpirte mientras trabajas.

—Me alegra que hayais venido. Charlie ha estado ayudando a Chance a cargar dos yeguas para su rancho.

—¿Me estabas buscando, Abby? —preguntó Charlie.

—No, pero no quería que Brandon anduviera trasteando por aquí.

—Nunca es una molestia. De hecho, hoy ha sido de gran ayuda. Me gusta tenerlo por aquí —dijo Hank y miró a Cade—. Mis chicos ya han crecido.

—Eres muy amable, Hank. Pero ahora tenemos que irnos.

—Tengo una idea —dijo el viejo ranchero—. Quedaros a cenar. Hay un montón de sobras de la fiesta de anoche. Charlie, llama a Carmen y dile que venga.

Antes de que Abby pudiera abrir la boca, Hank se había marchado. Ahora tendría que pasar la noche allí. ¿Cómo iba a mantener a Brandon alejado de Cade?

—Parece que os quedáis —dijo Cade—. ¿Quieres venir con nosotros a mi escondite secreto, Abby? Claro que antes tendrás que hacer el juramento.

—Sí, mamá. Será genial.

Sabía que debía impedir que Brandon fuera, pero no quería levantar sospechas. Nuevos reproches le venían a la cabeza cada vez que recordaba su desafortunada elección años atrás.

—Creo que no. Iré dentro a echar una mano a Ella con la cena.

—Tú te lo pierdes —dijo Cade con una sonrisa—. Parece que estamos solos tú y yo, ¿eh, hijo?

El corazón de Abby dio un vuelco.

—De acuerdo —dijo Brandon.

—Ten cuidado, Cade —advirtió Abby—. Solo es un niño.

Cade se inclinó hacia Abby y le susurró al oído.

—Se trata de un viejo cobertizo abandonado. Si quieres buscarnos, está pasado el viejo roble del columpio —elevó la voz hacia Brandon—. En marcha. Veamos si mi caja del tesoro todavía sigue allí.

Abby los miró mientras se alejaban. ¿Acaso nadie más en el mundo apreciaba el parecido? El pelo negro y los ojos hundidos. Hasta la forma de andar era idéntica. ¿Cómo podría mantenerlo en secreto? ¿Y era justo?

Cenaron en la mesa grande de la cocina. Igual que una gran familia. Abby escuchó entre risas un montón de historias. Brandon siempre se había sentido a gusto en casa de Hank y Ella. Y ahora parecía que Cade se había convertido en su mejor amigo.

Cade no paraba de mirarla de reojo y eso la ponía muy nerviosa. Y no era solo porque fuera el verdadero padre de Brandon. ¿Por qué estaba flirteando con ella si la noche anterior se había comportado como si no quisiera volver a verla nunca más?

Cade sabía que estaba jugando con fuego. Debía mantenerse alejado de Abby, pero no podía controlarse. Seguía despertando en Cade el deseo cada vez que la veía. Se dijo que era normal, ya que habían mantenido relaciones en el pasado. Abby había sido su primer amor.

Mientras las mujeres recogían la mesa, Hank invitó a Brandon a jugar una partida de damas. Cade se excusó y salió al porche. Se sentó con una taza de café mientras contemplaba el anochecer. El sol desplegaba sus últimos rayos en una increíble gama de dorados y naranjas, mientras se ocultaba precipitadamente tras los árboles.

Estaba totalmente quieto, los ojos cerrados, escuchando los sonidos de la noche. En la distancia, escuchó el relincho de un caballo y el ladrido de un perro. Había pensado que tanto silencio lo volvería loco, pero en los últimos tres días solo se había relajado.

—¿Cade?

Abrió los ojos y vio a Abby. El pulso se le aceleró. Trató de calmarse, recordando que esa era la mujer que lo había rechazado.

—Ella pensó que a lo mejor te apetecía un trozo de pastel de manzana.

—Gracias —dijo Cade, y aceptó el plato que ella le tendía.

Abby dio media vuelta.

—¿Tú no tomas? —preguntó Cade.

—No, he cenado mucho.

—No me digas que eres de las que están permanentemente a dieta.

—No —respondió poniéndose recta—. Es solo que he comido demasiado. Tomaré el postre en casa.

—Siéntate y charlemos un rato.

—No creo que sea una buena idea, Cade.

—Le he dicho a Brandon que éramos amigos en el colegio. No me gustaría que pensara que no nos llevamos bien.

—En otras palabras, quieres que mintamos.

Cade dejó el plato en el suelo. Se levantó, fue hacia Abby y la atrajo hacia sí.

—Solo quiero que actuemos como personas civilizadas, Abby. Ya sé que tenemos un pasado en común, pero solo estaré aquí unos días. ¿No podemos llevarnos bien?

—Claro —dijo soltándose la mano—. ¿Cuándo regresas a Chicago?

—El fin de semana.

Abby caminó hasta la barandilla.

—Esto debe parecerte muy aburrido comparado con Chicago.

Cade noto el corazón palpitando mientras la miraba. La luz del anochecer formaba un halo alrededor de su pelo. Estar tan cerca de ella lo estaba matando.

—No lo creas —replicó Cade—. De hecho, estoy disfrutando. Me alegro de que podamos volver a vernos. Es bueno olvidar el pasado y seguir adelante.

—Hace mucho que olvidé lo nuestro —suspiró Abby.

Estaba mintiendo. Cade podía leerlo en sus ojos. O puede que se estuviera engañando al pensar que Abby Moreau Garson todavía albergaba sentimientos hacia él. «Probemos si estoy en lo cierto». Cade la atrajo entre sus brazos y la besó. Al principio, Abby trató de rechazarlo instintivamente. Pero no tardó en rodearlo con sus brazos y rendirse a una pasión que sabía que siempre compartirían.

La bendición del momento se rompió cuando Abby apartó bruscamente la cara con un grito sofocado. Se miraron, y Cade descubrió una mezcla de dolor y deseo en la profundidad de sus ojos verde esmeralda. Entonces Abby se giró y se precipitó hacia la puerta.

Capítulo Tres

A la mañana siguiente, Abby seguía preguntándose porque había permitido que Cade la besara. La verdad es que no había tenido elección. Siempre que se acercara a ella a menos de un metro, tendría que darle la espalda. Abby no dejaba de dar vueltas en su habitación. Ya no era una estudiante locamente enamorada. Era una madre soltera y tenía que educar a un hijo. El hijo de Cade. Ese pensamiento hacía que le temblaran las rodillas. Se hundió en la cama. Si algún día Cade llegara a saber que...

Abby barrió de su mente esa idea. Cade se marcharía a últimos de semana. Regresaría a Chicago, que era su verdadero hogar. Ya le había demostrado que cuando se alejaba de San Angelo el tiempo suficiente dejaba de preocuparse por ella, por su bienestar o por si había quedado embarazada después de hacer el amor. Las lágrimas se asomaron al balcón de sus párpados, pero Abby se negó a dejarlas caer. No iba a malgastar su tiempo en un imposible. Su única preocupación era su hijo. Quería protegerlo y educarlo en un buen ambiente.

Ese era otro de sus problemas. Un asunto que le daba auténtico pavor, pero que no podía postergar por más tiempo. Odiaba a su ex marido por actuar así, por humillarla de esa manera. Pero si quería cobrar la pensión, tendría que seguirle el juego a Joel. Se puso unos pantalones de pinzas y una blusa color crema. Después se calzó unos zapatos planos y bajó las escaleras. Se arregló el pelo en el espejo de la entrada y al darse la vuelta se encontró con Brandon.

—¿Dónde vas, mamá?

—A la ciudad, cielo. Quédate con Charlie y Carmen.

—¿Puedo ir contigo?

—No. Voy al banco a ver a tu pa... a Joel. Volveré enseguida, te lo prometo.

Abby pudo ver el miedo en los ojos de su hijo mientras le acariciaba la cabeza.

—No vayas, mamá.

—Tengo que ir, Brandon. No ha enviado el cheque.

—¿Y si te vuelve a pegar?

—No lo hará —dijo Abby forzando una sonrisa—. Por eso voy al banco. Allí hay mucha gente. Estaré bien.

Abby besó a Brandon y corrió a su coche. Recordaba que su médico le había aconsejado que debía enfrentarse con sus miedos. Seguramente, su psiquiatra no sabía lo que implicaba ser golpeada por Joel Garson cuando estaba borracho.

Cade condujo hasta la ciudad. No terminaba de creerse lo mucho que había cambiado todo aquello. Al fin y al cabo, habían pasado casi ocho años. Nada permanece igual para siempre. De pronto, empezó a pensar en Abby. Los años habían hecho de ella una mujer mucho más hermosa. Pero debía dejar de pensar en ella en esos términos. Aparcó la camioneta en el estacionamiento del banco. El beso había estado fuera de lugar y solo había ratificado algo que ya sabía. Abby seguía quitándole el sentido. En cuatro días estaría de vuelta en Chicago. Recuperaría su vida sin la tentación de Abby Garson alrededor. Bajó de la camioneta y entró en el edificio de ladrillo. Era martes y no había mucha gente. Tres cajeros se bastaban para atender a los clientes. Cade comprobó la hoja de ingreso que le había dado Hank.

Estaba en la cola cuando escuchó una voz grave resonar en todo el edificio. Cade desvió la mirada hacia el despacho y su corazón dio un brinco al reconocer a Abby en compañía de Joel. Cade se quedó de piedra cuando vio cómo Joel la sujetaba por la muñeca. Nadie reparó en la intensidad de la mirada de Cade. La furia fue creciendo en su interior mientras cruzaba el banco. ¿En qué estaría pensando Abby para ir sola a ver a Joel? Ese hombre ya la había pegado antes. Y podía volver a hacerlo. Pero si le ponía la mano encima, sería hombre muerto.

Un recepcionista se interpuso en su camino frente a la puerta del despacho.

—No puede entrar ahí, señor.

—Claro que puedo.

Cade golpeó la puerta, que se abrió de par en par. Joel había acorralado a Abby y seguía sujetándola por la muñeca.

—¡Garson! —gruñó Cade.

El interpelado se giró sorprendido. Joel Garson no había envejecido bien. Tenía el aspecto enrojecido y los ojos hinchados de un alcohólico. Parecía que hubiera estado de juerga todo el fin de semana. Estaba demasiado gordo y ni siquiera un traje a medida podía ocultar su alarmante sobrepeso.

—Suelta a Abby o te parto en dos —dijo Cade, después de cerrar la puerta y avanzar hacia ellos. Agarró el pomo de la puerta para no tener que cumplir su amenaza.

—Sal de aquí, Randell. Esto es entre mi mujer y yo.

—Tu ex mujer —recordó Cade, cerrando los puños—. Deja que se marche.

Abby guardaba silencio, pero sus ojos revelaban auténtico pánico.

—Ahora —insistió Cade.

Finalmente, Joel liberó a Abby y reculó un paso.

—Te arrepentirás por meterte donde no te llaman —dijo Joel.

—Sí, estoy temblando —se burló Cade—. No tienes valor para enfrentarte con alguien de tu talla.

—Vete al infierno.

—No hasta que le des a Abby lo que ha venido a buscar.

Después de otro intercambio de miradas, Joel abrió el cajón de su mesa. Sacó un sobre y se lo entregó a Abby, que no dejaba de temblar. Después se apartó. Cade abrió la puerta, pero se giró hacia Joel.

—Si quieres pelea, Garson, estaré encantado de concederte una cita. Pero deja en paz a Abby.

—Lamentarás esto, Randell.

—Nunca. Pero no vuelvas a molestarla a ella nunca más.

Cade cerró la puerta y acompañó a Abby. Cruzaron hasta la salida ante la mirada curiosa de diversos clientes. Notó cómo Abby se tambaleaba y la sujetó por la cintura con el brazo.

—Está bien, cariño —susurró Cade—. Ya casi hemos salido.

Una vez fuera, Abby respiró hondo. Pero

seguía tan pálida como un fantasma.

—Vamos a sentarnos un momento.

Caminaron hasta el café de la esquina, ocuparon un reservado y Cade pidió dos cafés a la camarera.

—¿Estás bien? —preguntó Cade.

—No —dijo Abby después de beber un poco de agua—. Me siento humillada. ¿Cómo has podido actuar así?

—Escucha, se podían oír los gritos de Joel desde la entrada —dijo Cade, perplejo ante la falta de gratitud de Abby—. ¿Esperabas que me quedara quieto hasta que empezara a sacudirte?

Abby ocultó la cara entre las manos. Cade se moría por abrazarla, pero no le pareció una buena idea en ese momento.

—¿Desde cuándo abusa de ti?

—¿Cómo...?

—Chance me contó los rumores —reconoció Cade, que no podía ocultar su rabia—. La reacción de Brandon confirmó mis sospechas. ¿Cuánto tiempo has aguantado las palizas de Garson?

—No es asunto tuyo.

—Lo siento, Abby. Solo quiero ayudar.

—Pues no estás ayudando. Tengo que enfrentarme a Joel.

Abby rompió a llorar y la imagen le partió el corazón a Cade. Pese al daño que Abby le había hecho en el pasado, sentía la urgente necesidad de protegerla. Se acercó y tomó su mano.

—Abby, no tienes que aceptar nada de ese tipo. Ni siquiera tienes que verlo.

—Claro que sí. Es la única forma de conseguir el dinero de la pensión.

—Entonces ve a ver al juez y cuéntale lo que ocurre.

—No puedo —dijo Abby y apartó la mano—. Al menos, de momento.

—Abby, no puedes dejar que Joel siga actuando así.

—Ya lo sé —replicó con cierta ironía.

—Prométeme que irás al juzgado.

—No puedo prometerte nada. No tengo dinero. ¿Lo entiendes? Estoy arruinada.

La camarera apareció con los cafés y Abby enrojeció. Cade no parecía sorprendido. Había visto el estado del rancho y la montaña de facturas sobre la mesa.

—¿Cómo has sabido que estaba en el banco? —preguntó Abby.

—No lo sabía. Estaba arreglando unos asuntos de Hank. Ha sido una coincidencia.

—Tengo que volver a casa —dijo Abby.

—Espera, Abby. Ahora no estás en condiciones de conducir.

—Mira, Cade. Estoy bien —suspiró—. Ahora necesito volver con mi hijo. Te agradezco lo que has hecho, pero puedo manejarme sola.

Abby se levantó y salió de la cafetería muy digna. Lo había dejado claro. Cade trató de no sentirse herido por este nuevo rechazo, pero una vez más Abby se alejaba de él.

Abby se sentó en la mesa de despacho de su padre. La noche anterior, después de lo ocurrido, no había pegado ojo. Se había levantado a las cinco de la mañana y había ayudado a Charlie a dar de comer al ganado. Después había vuelto a la casa y se había duchado. Ahora estaba intentando clasificar la montaña de facturas que tenía pendientes de pago. El cheque no había arreglado gran cosa, pero al menos no pasarían hambre.

Su hijo se estaba llevando la peor parte del trato. Iba a perder su herencia, el rancho Moreau. De pronto pensó en Cade y en lo ocurrido en el banco. No quería que él la defendiera. Había sobrevivido a cinco años de matrimonio y había superado varios meses de tratamiento hasta recuperar las riendas de su vida. Pero Cade Randell no era un hombre cualquiera. Era el padre de su hijo.

El timbre de la puerta interrumpió sus pensamientos. Brandon se apresuró a abrir antes que nadie. Abby no salió de su asombro cuando vio a Brandon entrar en el despacho arrastrando a Cade tras él. Sintió pánico y se puso en pie de un salto.

—¡Mira, mamá! Ha venido Cade. Dice que tiene algo para mí.

Hacía mucho tiempo que Abby no veía tan feliz a su hijo.

—¿En serio?

Miró a Cade. Tenía muy buen aspecto. Desde que había vuelto, siempre vestía vaqueros y botas de montar. Una camisa vaquera cubría sus anchas espaldas. Concentró la atención en la cara, en la boca. Notó el calor subir por su cuerpo mientras recordaba sus besos ardientes. Apartó la mirada.

—No tienes que hacerle ningún regalo a Brandon.

—No es gran cosa —dijo y sacó una bolsa de cuero envejecido que abrió sobre la mesa—. Encontré estas viejas puntas de flecha indias y pensé que quizás estaría interesado.

Brandon se acercó para mirar.

—¡Vaya! Son geniales —Brandon levantó una—. ¿De dónde han salido?

—Mi hermanos y yo las coleccionábamos. Cabalgábamos hasta Mustang Valley. Hay un montón junto al arroyo.

Abby sabía que eso era cierto. Ella misma había encontrado alguna cuando iba a reunirse con Cade en secreto.

—¿Podría ir algún día contigo? —preguntó Brandon.

—Es un paseo muy largo —advirtió Cade, que notó la mirada de Abby—. Ya veremos.

—Eso me dicen siempre —dijo el chico disgustado.

—Brandon, no debes ser desagradecido —apuntó su madre.

—Lo siento —articuló el chico mirando a Cade—. Gracias por las puntas de flecha.

—De nada.

Cade sabía que todos los acontecimientos de los últimos meses debían haber sido muy duros para el chico.

—¿Qué te parece si tú y yo salimos a montar algún día? Si a tu madre le parece bien.

Al chico se le iluminó la cara.

—¿En serio? Mamá, ¿puedo ir?

Cade sabía que había puesto a Abby en un aprieto, pero solo quería ayudar. Y no iba a rendirse sin pelear. Era una locura. En unos días regresaría a Chicago y Abby volvería a ser una parte de su pasado. ¿Qué había de malo en pasar un rato con ella y con su hijo? Sabía que no iba a ocurrir nada entre ellos. Solo tenía que dominar el deseo de volver a besarla.

—Si no te alejas mucho de casa —se giró hacia Cade—. Hace poco que empezó a montar con mi padre antes que... y no tiene mucha experiencia.

—Eso es porque vivimos en la ciudad —dijo Brandon—, pero tengo mi propio caballo, Smoky. Y el abuelo me regaló el suyo, aunque no podré montarlo hasta que crezca. Voy a enseñarle a Charlie las flechas. Vuelvo enseguida.

El chico salió disparado antes de que pudieran detenerlo.

—¿De dónde sacará tanta energía? —se preguntó Cade.

—Siempre ha sido así. Me costaba horrores dormirlo de pequeño.

—Y eso a Joel no le gustaba —apuntó Cade.

—No quiero entretenerte, Cade —dijo Abby ignorando el último comentario—. Seguro que tienes mucho que hacer con Hank.

—Hank está fuera. Ha ido a la subasta de ganado —dijo Cade—. He venido para ver si podía ayudarte.

—¿Ayudarme?

—Soy asesor financiero, Abby. Habrá algo que yo pueda hacer para aliviar tu situación.

—Ni tú ni nadie podéis hacer nada —replicó testaruda—. Ya he pagado a un contable y me ha dicho que la única solución que hay es vender el rancho.

—¿Qué tiene de malo una segunda opinión?

Abby lo miró fijamente, incrédula.

—Ya sé que tienes problemas, Abby. Te prometo que actuaré con suma discreción. Nada saldrá de este despacho.

Abby parpadeó. Cade iba a estar allí... con Brandon alrededor. Pero, ¿y si realmente podía ayudarla? No podía desaprovechar la oportunidad de salvar el rancho. De ese modo no tendrían que mudarse a la ciudad y ella no necesitaría encontrar un trabajo a jornada completa. Lo último que quería para Brandon es que creciera con su madre trabajando fuera de casa todo el día. Ella se había criado sin una madre y no quería eso para Brandon. Necesitaba que su hijo creciera en el rancho.

—Supongo que me vendría bien un poco de ayuda —concedió Abby.

—Está bien —suspiró Cade con alivio—. Déjame ver los archivos.

—Todo está en los cajones del escritorio —señaló Abby.

Le entregó los libros de cuentas. En apenas diez minutos, Cade estaba enfrascado en el trabajo. Abby, comprendiendo que no pintaba nada allí, salió con la esperanza de que Cade encontrara alguna solución. Todo lo que tenía eran su hijo y ese rancho. Nunca volvería a involucrarse en una relación.

* * *

Después de unas horas, Cade comprendió que Abby no exageraba lo más mínimo. El futuro no presagiaba nada bueno. A menudo había lamentado el poco juicio de Tom Moreau y su incapacidad para aguantar cuando el precio del ganado caía en picado. Ahora tenía que conseguir un verdadero milagro. A corto plazo, la solución pasaba por vender casi todo su rebaño y conseguir algo de liquidez para saldar algunas deudas. A largo plazo, tenía que lograr hacer rentable el rancho. No sería fácil, ya que la llevaría unos cuantos años recuperar el ritmo de antaño. Además del ganado, Abby necesitaría obtener más ganancias de su propiedad. Puede que tuviera que vender algunos acres de tierra, como el terreno junto al lago. Cade tenía otras ideas, pero quería discutirlas con Hank y Chance antes de tomar una decisión.

La tarde había transcurrido casi en un suspiro. Carmen le había traído el almuerzo y había comido mientras trabajaba. Debería marcharse. Se levantó y empezó a guardar los papeles cuando Abby entró.

—¿Has terminado?

—No. Tan solo he echado un vistazo a los libros. Este rancho no ha obtenido beneficios desde hace varios años.

—Lo he sabido ahora, pero no cuando papá vivía —admitió Abby—. Nunca me habló de negocios.

Cade advirtió la mirada triste de Abby. Una vez más, sintió la necesidad de abrazarla. Pero sabía que eso solo traería problemas. Igual que el beso de la otra noche. Bajó los ojos hasta su boca y recordó la dulzura de sus besos. Lo invadió una creciente excitación. Se esforzó por apaciguar ese torrente y regresar al trabajo.

—Dudo que hubieras podido hacer nada al respecto. Lo que más me preocupa es la carta del banco. ¿Sabes que Joel puede cancelar tu hipoteca a partir del próximo primero de mes?

—Créeme si te digo que es algo que no deja de recordarme.

Cade estaba preocupado. No creía que pudiera hacer nada para hacer entrar en razón a Joel Garson.

—¿Hasta qué punto quieres salvar el rancho?

—Es mi hogar y el hogar de Brandon —dijo Abby sorprendida—. No me importa vender parte del terreno si puedo conservar la casa.

—Deja que estudie algunas ideas.

De pronto, Brandon entró corriendo en el despacho.

—¿Estás listo para llevarme a montar, Cade?

—Bueno, eso depende de tu madre.

—Debes estar cansado. Quizás otro día.

Brandon no pudo ocultar su disgusto. Cade no podía soportar verlo tan triste.

—¿Sabes? Tengo algo de tiempo. A lo mejor podemos dar un paseo corto.

Abby los siguió hasta la entrada.

—Cade, no tienes por qué hacer esto. Puedo acompañarle mañana.

—La verdad es que casi no he salido a montar desde que he vuelto. Si no recuerdo mal, tu padre tenía unos ejemplares magníficos. No me importaría echar un vistazo a las caballerizas.

—¿Te refieres a Midnight Dancer? —preguntó Brandon—. Nadie lo ha montado desde que el abuelo se fue.

Caminaron hasta el establo. Entraron por el pasillo central. Había caballos a ambos lados. Al final del pasillo se detuvo frente a un ejemplar magnífico que conocía bien. La placa en la puerta confirmó su primera impresión: era Midnight Dancer.

—Hola, chico —saludó Brandon desde la puerta.

El semental, negro y lustroso, relinchó, movió la cabeza y pateó el suelo un par de veces.

—Es una maravilla —dijo Cade, y miró a Abby—. Seguro que vale mucho dinero. ¿Has pensado alguna vez en venderlo?

—No quería precipitarme —dijo Abby mirando a su hijo—. Es el caballo de Brandon.

Cade asintió y decidió que hablaría con Chance del asunto. Su hermano era experto en caballos. Siguieron caminando y se toparon con Charlie. El capataz tenía ensillados dos caballos. Cade se fijó en Brandon. El chico parecía entender de caballos. Montó un ejemplar gris mientras Cade se quedaba con un caballo ruano. Se despidieron de Abby con la mano y se dirigieron hacia los pastos. Tan pronto como cruzaron la puerta del rancho, Brandon inició la conversación.

—¿Alguna vez echas de menos a tu padre?

Cade no supo qué responder. Siempre había evitado pensar en Jack Randell. Aquel hombre le había hecho mucho daño en su infancia.

—Echo de menos no tener un padre, pero nunca me gustó lo que hizo. Tuve mucha suerte al encontrar a Hank.

Brandon se aferró con fuerza a las riendas del caballo.

—Yo no echo de menos a mi papá. Me alegro de que mamá y él se hayan separado. Se portaba muy mal con ella.

Cade advirtió que Brandon hablaba con dificultad del tema. Apretó a su vez las riendas de su yegua.

—¿Alguna vez te hizo daño? —preguntó sin estar seguro de lo que esperaba oír.

—Lo intentó una vez —asintió el chico—, pero mamá se lo impidió. Después vinimos a vivir con el abuelo.

—¿Y ahora? ¿Cómo se porta contigo cuando te ve?

—Nunca quiere verme. Me odia.

Abby sabía que se le acababa el tiempo. Cade no tardaría en averiguar la verdad sobre Brandon. Alguien se daría cuenta. Había sorprendido a Charlie mirándolos. Él ya lo sabía por culpa de su mujer, Carmen. ¡Dios santo! Debería habérselo dicho hacía años. Pero después de casarse con Joel no había tenido ninguna oportunidad. ¿Cómo podría explicárselo ahora, después de casi ocho años de silencio? Cade nunca lo entendería. Y además, nunca la perdonaría. Pero eso no le importaba. Su única preocupación radicaba en saber qué era lo mejor para su hijo. Tenía que decírselo a Cade, pero ¿cuándo?

La puerta de atrás se abrió y Abby reconoció la risa de su hijo. Notó cómo el pecho se le encogía. Las lágrimas brotaron con fuerza, pero logró ocultarlas antes de que Brandon y

Cade entraran en la cocina.

—Mamá, ha sido genial —Brandon abrazó a su madre—. Gracias por dejar que Cade me llevará a montar.

—Bueno, me alegra saber que lo has pasado bien —sonrió Abby procurando ocultar su malestar. Luego miró a Cade, que también sonreía—. Parece que tú también has sobrevivido al paseo.

—Seguramente no podré decir lo mismo mañana por la mañana.

—Mamá, Cade es un jinete estupendo. Tan bueno como el abuelo.

—Bueno, cariño, es que creció en un rancho. Incluso participó en algunos rodeos.

Brandon miró a Cade con los ojos como platos.

—¿En serio? ¡Vaya! ¿Podrías enseñarme a montar y a usar el lazo?

—Bueno, hijo —dijo Cade, y Abby creyó morir—. Podría enseñarte a usar el lazo, pero nada de montar caballos salvajes o toros.

—Pero no ahora —dijo Abby—. Sube a tu habitación y lávate antes de la cena, Brandon.

—Está bien —asintió el chico, que se detuvo antes de salir—. ¿Puede quedarse Cade a cenar?

Abby contuvo la respiración. Era su oportunidad.

—¿Por qué no se lo preguntas?

—Quédate, Cade. Por favor —suplicó Brandon—. Carmen ha preparado tamales.

—Esa es una oferta que no se puede rechazar —silbó y miró a Abby—. Si a ti te parece bien.

«No estoy segura» se dijo Abby. Después decidió combatir sus fantasmas y sus miedos.

—Me parece bien. Además, quiero hablar contigo de otro asunto... más tarde.

Cade no sabía cómo interpretar un cambio tan repentino en la actitud de Abby.

—Supongo que puedo quedarme.

—¡Hurra! —aulló Brandon, al que pudieron oír gritar hasta que llegó a su habitación.

—Te repito que el chico tiene mucha energía.

Abby salió de la cocina y entró en el salón. Cade la siguió, deseoso de saber qué era lo que ella le ocultaba.

—¿De qué quieres hablar?

—Es personal. Si no te importa, preferiría esperar a que Brandon se haya acostado.

—Claro —aceptó Cade.

—¿Hablabas en serio en lo de vender a Midnight Dancer? —preguntó Abby y se sentó en el sofá de cuero.

Cade acercó una silla y se sentó junto a la chimenea.

—Conseguirías una buena suma.

—¿Y si lo utilizara como semental?

—No estoy seguro —dudó Cade—. Tendría que preguntarle a Chance.

De pronto se escuchó un golpe en el piso de arriba seguido del llanto del chico.

—Oh, Dios mío.

Abby salió corriendo escaleras arriba con Cade siguiéndola de cerca. Brandon, desnudo, estaba tirado boca abajo en el suelo del cuarto de baño.

—Brandon, ¿te has hecho daño?

Abby se arrodilló junto a su hijo. El chico levantó la cabeza mientras las lágrimas corrían por sus mejillas.

—Me he resbalado cuando he salido de la ducha. Me he dado en la cabeza.

—Ven, déjame echar un vistazo —dijo Cade y se agachó junto a Brandon. Examinó al chico para comprobar que no había más heridas. Después de mirarle el cuello y los brazos, miró en la espalda. Recaló en una marca de nacimiento que semejaba una media luna en la base de la columna. Sorprendentemente, su padre y su hermano Travis tenían una marca muy similar.

Cade notó una extraña sensación cuando miró a Abby. La preocupación que reflejaban sus ojos no se debía tan solo a la caída de su hijo. De pronto comprendió, en una repentina sacudida, toda la verdad. Y eso lo dejó sin habla. Ahora entendía la razón por la que Abby había intentado mantenerlo alejado del chico.

Brandon era hijo suyo.

Capítulo Cuatro

Brandon era su hijo.

Cade no paraba de dar vueltas en el despacho de Tom Moreau como un león enjaulado. Estaba intentando guardar la calma. Sentía una mezcla de estupor, furia y felicidad. Tenía un hijo.

Sintió una nueva oleada de ira. ¿Cómo había podido ocultarle a Brandon todos estos años? Casi ocho años. Todo este tiempo Joel Garson había jugado el rol de padre. El odio creció en su interior, hasta dejarle sin respiración, cuando pensó lo cerca que había estado Garson de pegar a su hijo.

Seguía sin creer que fuera de él. Nuevos sentimientos bombardeaban su cabeza: instinto de protección, orgullo. Se le hizo un nudo en la garganta al pensar en los ojos negros del chico, la sonrisa tímida que revelaba la falta de un diente. Las pecas dispersas junto a la nariz que tanto le recordaban a Travis. Un súbito estremecimiento aprisionó su corazón. Tenía ganas de echar a correr y gritar la noticia a los cuatro vientos. Tenía un hijo y por Dios que iba a convertirse en parte de su vida.

* * *

Abby se quedó junto a Brandon más de lo normal. Le aplicó hielo en el chichón. Subió la cena en una bandeja y se quedó con él mientras comía. Cade no se había quedado con ellos. Le había dicho a Brandon que volvería por la mañana. Abby no dudaba que Cade cumpliera su palabra.

Abby se refugió en la habitación de Brandon hasta que llegó la hora de acostarse. Supuso que Cade estaría esperando abajo. ¿Cómo le explicaría las razones por las que había mantenido oculto a Brandon? Cuarenta minutos más tarde entró en el despacho y encontró a Cade de pie junto a la puerta de la terraza. Cade se giró y encaró a Abby. Si no hubiera sabido desde el principio que la odiaba, lo hubiera descubierto en ese instante. Y no podía culparlo.

—¿Por qué?

Abby estaba temblando y casi no le salía la voz.

—En aquel momento, pensé que hacía lo correcto.

—¿Qué hay de correcto en ocultarme a mi propio hijo? Por el amor de Dios, Abby, no soy un psicópata.

Había tanto odio en su mirada que Abby tuvo que apartar la vista.

—Tú no me querías —señaló Abby.

—¿Es una broma, verdad? —ironizó Cade—. Te pedí que te casaras conmigo. Te compré una alianza. Quería llevarte a Chicago.

—Pero cuando te llamé un mes más tarde para decirte que... estaba embarazada, no quisiste hablar conmigo. Y cuando finalmente accediste a ponerte, dijiste que habíamos hecho bien en romper y que éramos demasiado jóvenes para casarnos.

—En ningún momento me dijiste que esperabas un hijo mío.

Abby deseaba hacer desaparecer todo el dolor que reflejaba la expresión de Cade.

—Está bien. Tenía miedo, Cade, y era muy joven. Demasiado joven para...

—Para casarte con un Randell —terminó Cade—. Pero no pusiste pegas para ir hasta el altar de la mano de Garson.

—¿Qué esperas que diga? —imploró—. ¿Qué cometí un error?

—Te comportaste tal y como esperaba que lo hicieras. Elegiste al hombre que te ofrecía fortuna y posición —dijo Cade—. Pero el tiro te salió por la culata.

Abby deseaba contar la verdad y confesar que su padre la había forzado a rechazarlo para después casarla con Joel. Pero sabía que Cade estaba demasiado furioso para atender a razones. Y lo más probable era que no la creyese, de todos modos.

—Es cierto, la jugada me salió mal —reconoció sin titubeos—. Y he pagado por mis errores cada día durante los últimos siete años y medio.

—Pues mi hijo no va a seguir pagando —dijo Cade con voz temblorosa—. Esto no ha terminado. Volveré mañana.

Cade salió hecho una furia y unos segundos más tarde Abby oyó la puerta principal cerrarse de un portazo.

Abby se dejó caer en el sofá y empezó a llorar, liberando las lágrimas que había retenido durante todo el día. Todo había salido mal. Y Brandon había pagado por ello desde el principio. Ella lo había privado de su verdadero padre. Nuevas lágrimas afloraron, pero Abby sabía que nada podría compensar lo que había hecho. Ya había perdido a Cade, y ahora podía perder a su hijo.

Abby se levantó temprano. No había podido conciliar el sueño en toda la noche. Pero necesitaba toda su energía esa mañana. Sabía que Cade volvería y exigiría ver a su hijo. Pero, ¿qué derechos tenía un padre a tiempo parcial? Él regresaría a Chicago y Abby seguiría siendo madre soltera. Solo le importaba proteger a Brandon hasta que ella y Cade llegaran a un acuerdo.

Sonó el timbre y Abby se apresuró a abrir antes que Carmen. Ahí estaba Cade, vestido con un polo azul, vaqueros y botas. Llevaba el sombrero en la mano.

—Tenemos que hablar —anunció y entró en la casa—. ¿Dónde está Brandon?

—No está aquí.

Cade interrogó a Abby con la mirada.

—¿Qué quieres decir? Sabías que iba a venir.

—Por eso exactamente lo he mandado a pasar el día al campo. No quiero que nos oiga discutir. Ha crecido en medio de una relación turbulenta.

—¿Y de quién fue la culpa?

—Mira, si no estás dispuesto a razonar, podemos contratar a un abogado —dijo Abby, dolida por el comentario anterior.

—No —respondió Cade arrepentido—, lo último que quiero es un abogado.

—Entonces, deja de hacer comentarios sangrantes y vamos a procurar arreglar las cosas. Los dos queremos lo mejor para Brandon.

Cade asintió y siguió a Abby hasta el despacho, que cerró la puerta tras ella. Abby quería recuperar el control de la situación.

—De momento, no quiero que le digas a Brandon que eres su verdadero padre.

—¿Por qué? Tengo derecho.

—No estoy diciendo que lo ocultemos para siempre. Solo te pido que lo mantengas en secreto un poco más. Necesito tiempo.

—Aceptaré si me prometes alejarte de Garson. Soy el padre de Brandon y me ocuparé de cubrir todas sus necesidades.

Joel le había dicho hacía tiempo que no cuidaría del chico.

—Solo me pasa la pensión.

—¿Sabe Joel que Brandon no es hijo suyo?

—Sí, se lo dije. Al principio no le importó. Pero cuando Brandon nació y empezó a parecerse a ti... Joel se desentendió de él.

—¿Fue entonces cuando empezó a pegarte?

Abby alejó la mirada y Cade maldijo su falta de tacto.

—No quiero que vuelvas a ver a Garson nunca más —señaló Cade sujetando a Abby con las manos—. Yo me ocuparé de los dos.

Abby quiso discutir, pero pronto sintió que la abandonaban las fuerzas.

—Te ocuparás de Brandon —aceptó—, pero yo no quiero tu dinero.

—No creo que te queden muchas opciones —recordó Cade mientras paseaba la mirada a su alrededor.

Abby había aprendido durante el tratamiento que siempre existían alternativas. Se separó de él.

—Podría vender el rancho y mudarme a la ciudad —dijo—. Así no necesitaría tu dinero.

Cade sentía ganas de reír. Durante años, había envidiado la fortuna de la familia Moreau y la familia Garson. Resultaba irónico comprobar cómo habían cambiado los papeles. Pese al daño que Abby le había causado, seguía siendo la madre de Brandon. Necesitaban formar un frente común. La verdad es que el rancho presentaba un aspecto lamentable. Y había que hacer algo inmediatamente.

—Olvida tu orgullo, Abigail. Necesitas mi ayuda. De lo contrario, el banco va a quedarse con tu casa.

—El rancho es de Brandon. Mi padre se lo dejó a él. Yo soy la administradora hasta que cumpla veinticinco años.

—¡Genial!

Cade se mesó los cabellos. ¿Cómo iba a permitir que Garson se quedara con la herencia de su hijo?

—Entonces será mejor que me contrates. Juntos encontraremos la forma de salvar parte de la propiedad.

—No puedo permitirme contratarte.

—No te preocupes —dijo Cade, que conocía la situación financiera de Abby—. Mi sueldo saldrá de los rendimientos del rancho. De momento, no tienes que preocuparte.

—Realmente estás disfrutando —indicó Abby con furia—. Asistir al hundimiento de un Moreau.

—Si fuera eso lo que busco, no te estaría ofreciendo ayuda.

Abby permaneció de pie con sus vaqueros ceñidos. Había engordado desde que había tenido a Brandon. Cade buscó su mirada. Bajo su fuerte carácter, pudo atisbar su vulnerabilidad y eso lo conmovió. Se sentía sobrepasada por los acontecimientos, y él también.

—Recuerda que hago esto por Brandon. Solo por él.

—Esa es la única razón por la que te permito que lo hagas —admitió Abby.

—Necesitaré que me traspases los poderes.

—¿Por qué?

—Para poder negociar con el banco. Dudo que quieras tener un nuevo encuentro con tu ex marido después del último incidente.

Cade fue al escritorio y sacó los libros que había estado revisando el día anterior. Se sentó con toda naturalidad y Abby pensó en cómo habrían ido las cosas si le hubiera dicho la verdad cuando lo llamó a Chicago.

¿Se habrían casado? Pronto desestimó esa idea. Era demasiado tarde y Cade albergaba odio suficiente para toda una vida. Ahora tenía que ayudarlo a salvar su relación con Brandon, antes de que regresara a su vida en Chicago.

—¿Cuándo volverás a Chicago?

—Me he tomado unos días. De momento, me quedaré un tiempo —respondió sin levantar la vista—. No voy a marcharme, Abby. Y nada de lo que digas hará que me separe de mi hijo.

Esa tarde, Cade pasó a saludar a Chance y fueron juntos hasta los establos del rancho Moreau.

—Gracias por venir —dijo Cade.

—Dijiste que necesitabas un favor.

—Sí. Voy a quedarme más tiempo de lo previsto. Quiero ayudar a Abby con el rancho. Parece que tiene serios aprietos económicos.

—No tienes que explicarme nada —sonrió Chance con complicidad—. Lo entiendo.

—No es lo que piensas. Esto no tiene nada que ver con Abby. Se trata de Brandon —Cade vaciló un momento—. Es mi hijo.

Chance se quedó boquiabierto.

—¡Demonios, pero…! ¿Cómo…cuándo…? ¿Acabas de enterarte?

—Sí. Abby no tenía intención de decírmelo, pero descubrí que Brandon tenía una marca de nacimiento en la espalda: una media luna. Abby no pudo negarlo.

—¡Y te lo ha ocultado todo este tiempo!

—Sí. Se casó con Garson nada más irme a Chicago —contó Cade con amargura—. Dice que me llamó, pero que no pudo contarme que esperaba un hijo.

—Vaya, felicidades, papá —dijo Chance—. ¿Qué opina Brandon de todo esto?

—Hemos preferido esperar antes de contárselo.

—Seguramente es lo mejor. ¿Existe alguna posibilidad de que Abby y tú forméis una familia?

—Me ocultó a mi hijo, Chance —recordó Cade—. No creo que pueda volver a confiar en ella.

—Seguro que tuvo una buena razón para lo que hizo. Muchos matrimonios han empezado con menos —Chance sonrió—. Joy y yo solo teníamos un contrato, nada más que un acuerdo comercial. Y fíjate en nosotros ahora.

Cade no creía en milagros. Su relación con Abby era agua pasada.

—Solo me preocupa ser un buen padre para Brandon.

—El chico y tú os lleváis bien, ¿verdad?

—Supongo —dijo Cade—, pero estoy dando palos de ciego. ¿Tienes algún consejo?

—Dale todo tu cariño.

—Eso es fácil —asumió Cade emocionado—. Es un gran chico. Y ha sufrido mucho. Además, le encanta el rancho. Pero si no hago algo deprisa, va a perderlo todo.

—¿Qué puedo hacer? —preguntó Chance.

—Esperaba que lo preguntaras. ¿Crees que podrías ocuparte de otro semental durante un tiempo?

—¿Qué caballo es?

—Midnight Dancer.

—¿Bromeas? Ese caballo tiene pedigrí.

—¿Podrías hacer correr la voz de que está disponible?

—Desde luego. ¿Por qué no venís Abby y tú a cenar esta noche y lo discutimos?

—No hará falta. Me encargo de llevar todos los asuntos del rancho Moreau, así que puedes tratar conmigo.

—¿No crees que deberíamos contar con la opinión de Abby? —preguntó Chance.

Cade no quería ver a Abby, de momento. Seguía furioso con ella y temía decir algo de lo que pudiera arrepentirse más tarde. Pero la verdad es que tenían un hijo en común y tendrían que pasar juntos por esto.

—Está bien. Iremos los dos, pero advierte a Joy que no intente nada.

—No tengo ni idea de lo que estás hablando —ironizó Chance.

—¡Dios mío! Sálvame de los enamorados.

Cade dio media vuelta y se alejó. Sentía envidia, pura y simple. Deseaba para sí la felicidad de su hermano, pero Abby se había asegurado años atrás que no la tuviera nunca.

Abby enfiló el camino de entrada sobre las ocho y media. Apagó el motor y se arregló el pelo frente al espejo retrovisor. Era una locura. Cade la odiaba tanto que ni siquiera se fijaría en su aspecto. Apenas distinguiría que llevaba una blusa azul marino, su color favorito. Siempre había dicho que ese color le daba a sus ojos un tono verde mar. Sintió un escalofrío al recordar cómo Cade siempre había admirado su belleza. Pero eso había ocurrido mucho tiempo atrás. La crueldad de Joel casi había borrado esos recuerdos. Su ex marido nunca se había mostrado conforme con su aspecto. Nunca había estado a la altura que se esperaba de la esposa de un banquero. Abby se estremeció mientras recordaba los golpes de Joel, una y otra vez. Dejó escapar un gemido, seguido de un grito agudo. Ni siquiera notó que estuviera llorando.

—¿Abby?

Miró por la ventanilla y vio a Cade. Estaba junto al coche y parecía confuso.

—Me has asustado, Cade —dijo Abby y rápidamente se secó las lágrimas.

—¿Estás bien? —preguntó con preocupación.

—Muy bien. Un poco cansada —mintió. Bajó del coche con determinación—. Quisiera acabar con esto lo antes posible.

No quería estar junto a Cade más de lo que él deseaba estar en su compañía.

—Bien, vamos.

Cade la acompañó hasta el porche, donde esperaban sus anfitriones.

—Bienvenida —saludó Joy con una cálida sonrisa.

Chance abrió la puerta de rejilla y entraron en un amplio vestíbulo. El suelo barnizado de madera noble estaba parcialmente cubierto por moqueta. Al fondo había una escalera con barandilla.

—¿Por qué no pasamos al comedor? —sugirió Joy—. Es el único sitio que no está en obras.

Abby entró con Joy y los dos hermanos las siguieron. El amplio comedor estaba empapelado en una combinación de rosa y verde. La mesa de caoba estaba dispuesta con seis sillas de respaldo alto.

—Es una preciosidad —apuntó Abby, que

sabía que cada mueble era una antigüedad.

—Gracias, pero el mérito no es mío. Mi tía Lillian me dejó la casa y todos los muebles. Chance y yo nos hemos limitado a sacarles brillo.

—Chance, querías que habláramos acerca de Midnight Dancer —señaló Cade, que quería ir directo al grano.

Chance fue hasta la cabecera de la mesa y miró a su hermano con severidad. Los dos hermanos se parecían, pero Chance tenía el pelo más claro.

—Por favor, Abby, toma asiento —dijo Chance educadamente—. Cade me ha comentado que estabas interesada en utilizar a ese caballo como semental.

Todos se sentaron y Abby lanzó una mirada a Cade.

—Cree que podría sacar algún dinero para el rancho —dijo algo turbada—, y ya sabrás que necesito el dinero urgentemente.

—Llevar un rancho no es fácil —comentó Chance—. Todos tenemos problemas. Si hay algo que yo pueda hacer...

Chance sonrió y miró a Joy. El amor que se profesaban quedaba al descubierto en cada gesto.

—Te lo agradezco. Pero de momento me conformaría si pudieras ayudarme con Midnight Dancer.

—Eso está hecho —anunció Chance—. He hecho un par de llamadas y ya tengo a dos clientes interesados.

Abrió una carpeta y tendió a Abby una copia de lo que parecía ser un contrato.

—Normalmente, no suelo hacerme cargo de otros caballos. Prefiero centrarme en mi propio rebaño. Pero me ocuparé de Midnight Dancer por un porcentaje de sus honorarios.

Abby repasó los números y sintió vértigo al leer las cantidades.

—¿Puedes conseguir todo esto?

—Si firmas el contrato, tendré el rancho lleno de yeguas antes de lo que piensas.

—¿Qué opinas? —preguntó Abby pasándole el contrato a Cade.

—Es un trato justo. Y supone dinero rápido y en efectivo. ¿Cómo crees que se lo tomará Brandon?

Abby agradeció que se interesara por la opinión de su hijo.

—No lo sé. Esto es mucho mejor que venderlo.

—Si eso llega a ocurrir alguna vez —anunció Chance en voz alta—, quisiera tener una opción de compra. Es un ejemplar magnífico.

—Eso no ocurrirá —aseguró Cade—. Pertenece a Brandon y seguirá siendo así.

Abby estaba enfadándose. Puede que Cade tuviera ciertos derechos, pero no le gustaba que entrara en sus vidas de esa forma. Se volvió hacia Chance.

—Está bien, firmaré.

De pronto, el suave lamento de un bebé se escuchó desde la otra habitación.

—Parece que nuestra hija reclama un poco de atención —dijo Joy y se giró hacia Abby—. ¿Te gustaría ver a Katie?

—Me encantaría.

Salieron juntas del comedor, mientras Cade las seguía con la mirada. Era incapaz de descifrar lo que pensaba Abby. ¿Acaso no se daba cuenta de lo mucho que les quedaba por hacer para salvar el rancho? Era un buen comienzo, pero nada más. Se volvió hacia su hermano.

—No he podido darte las gracias por esto.

—No hay problema —dijo Chance—. De hecho, yo debería estar agradecido. Esto puede suponer un negocio para mí. ¿Y qué pasa contigo? ¿Qué tal marcha todo?

—No lo sé —Cade se puso en pie—. Todavía trato de acostumbrarme a la idea de ser padre. Es como si me hubieran golpeado a traición en el estómago.

—Lo sé. Nada de esto resulta sencillo. Pero recuerda que Brandon te necesita. Está mucho más solo que cualquiera de nosotros. Antes tenía a Tom Moreau, pero ahora no le queda nadie —Chance esbozó una amplia sonrisa—. Y ese chico se lleva realmente bien contigo. Solo una sugerencia. Compórtate cuando estés con Abby. Es la madre de Brandon y el chico se cree en la obligación de protegerla. Debe ser la sangre de la familia que corre por sus venas. Y ya sabes cómo hemos cuidado siempre los unos de los otros.

«Brandon Randell» pensó Cade.

—Cuando todo esto se arregle, quiero que mi hijo lleve nuestro apellido. Claro que quizá no sea muy buena idea. Todavía hay gente que asocia nuestro nombre con el pasado.

—Yo pensaba igual —admitió Chance—. Pero ahora hay una nueva generación de Randell, Katie y Brandon. Debemos enseñarles a sentirse orgullosos de su nombre, de su origen. Ahora sonríe. Tienes un hijo.

—Tienes razón —dijo Cade, orgulloso del chico.

—Ya lo creo. Tienes un chico estupendo, pero no puede compararse con mi princesa. Vamos a verla.

Subieron las escaleras y se encaminaron al dormitorio de la pequeña. Allí encontraron a las mujeres, pero Katie no estaba con su madre. Abby, sentada en la mecedora, tenía al bebé junto a su pecho. Un dolor agudo hirió en lo más profundo a Cade, consciente de los muchos años que había perdido para estar con su hijo. Ya nunca vería a su hijo mamar en el pecho de su madre, dar sus primeros pasos o decir su primera palabra.

Y eso dolía. Más de lo que hubiera podido imaginar jamás.

Cade estaba exhausto, pero siguió conduciendo el rebaño. Había pasado los últimos dos días trabajando con Chance en el rancho. Por las tardes, acudía al rancho Moreau para hacerse cargo de todo. Había dejado claro a Abby que quería disfrutar de la compañía de Brandon y ella había aceptado. Incluso había accedido a que pasaran más tiempo solos para que pudieran conocerse.

Chance cabalgaba junto a él.

—¿Cuándo piensas volver a Chicago?

Cade tiró de las riendas y frenó el paso para asegurarse de que el rebaño permanecía unido.

—¿Estás intentando deshacerte de mí? Si es eso, dímelo. Iré a echar una mano a Hank.

—Solo digo que esto se parece cada vez menos a unas vacaciones.

—Ya no estoy de vacaciones.

—Y tampoco eres un ranchero —recordó Chance, limpiándose el sudor de la frente—. ¿No preferirías pasar el día junto a Brandon?

—Brandon está en un campamento. Lo veré esta noche.

—¿Cómo marchan las cosas con Abby?

—No hay nada entre nosotros fuera de los negocios. No tenemos nada que decirnos.

—Seguro —apuntó Chance—. Y yo digo que estás muerto de miedo. Has estado buscando pelea desde que la viste en la fiesta de Hank.

—¿De qué demonios estás hablando?

—Todavía te gusta, ¿verdad? Por eso no soportas la idea de quedarte a solas con ella.

—Yo diría que tengo un montón de buenas razones para no querer ver a Abby. En primer lugar, me ocultó a mi hijo. Y si yo no lo hubiera descubierto, seguiría sin saber la verdad.

—No estoy diciendo que lo que hizo estuviera bien —puntualizó Chance—, pero precisamente porque tenéis un hijo en común debéis encontrar la forma de superar el odio.

Cade se quedó mirando las llanuras, escuchando el ganado mugir mientras se dirigían hacia los pastos. Tenía calor, estaba sudado y olía a vaca. Y comprendió que echaba de menos todo aquello. Trabajar la tierra era duro, pero la satisfacción siempre era plena. Y sobre todo, quería estar cerca para ver crecer a Brandon. Sabía demasiado bien cómo era criarse sin un padre. Pero estar con Abby…

—No sé si podría.

—Date un poco de tiempo. Todo esto es nuevo —señaló Chance apoyado en la montura de su caballo—. ¿Hay algo que yo pueda hacer?

—Claro, olvidaba tu amplia experiencia —bromeó Cade—. ¿Qué tiempo tiene Katie? ¿Dos meses?

—Casi, y me adora —fanfarroneó Chance.

—Todo lo que sé es que tu mujer y tu hija te han suavizado el carácter.

—Deberías probar —insinuó Chance.

—¿Quieres que inicie una relación con Abby?

—Lo dices cómo si no hubieras bebido los vientos por ella desde octavo.

—Ya no soy un adolescente sobreexcitado.

Pero Cade sabía que Abby podía hacer caer en la tentación a un santo.

—Entonces céntrate en tu hijo.

—Eso es lo único que quiero —señaló Cade, tratando de convencer a su hermano tanto como a sí mismo.

Capítulo Cinco

Algunos días más tarde, Cade reunió a la familia en torno a la mesa de la cocina. Todos conocían la noticia acerca del verdadero padre de Brandon, pero Cade los había obligado a todos a guardar el secreto de momento.

—Os he reunido aquí porque necesito vuestra ayuda —dijo Cade.

—Si se trata de Brandon, ya lo consideramos parte de la familia —sonrió Hank.

—Gracias, Hank. Eso significa mucho para mí.

—Es un encanto de chico —añadió Ella—. Prepararé una gran fiesta para recibirlo cómo merece en la familia.

—¡Espera un segundo! —Cade levantó la mano—. Te prometo que, llegado el momento, serás la primera en saberlo. Por ahora, hay otros asuntos más urgentes. El rancho Moreau, por ejemplo. Parece que Abby ha heredado una deuda enorme de su padre. He estado hojeando los libros de cuentas intentando encontrar algo que genere liquidez inmediata. Solo se me ocurre vender todo su rebaño, así que necesitamos organizar una subasta.

—¿Cuándo necesitas que esté lista? —preguntó Chance.

—Lo antes posible —aseguró Cade, que no parecía sorprendido ante la inmediata respuesta de su hermano—. Pensaba en este próximo fin de semana, si no resulta muy precipitado.

Hank se reclinó sobre la silla, pensativo.

—Estoy deseando ayudar, pero no creo que vender unas cuantas cabezas de ganado arregle el problema.

—Ya lo sé, Hank —asintió Cade—. También tengo en mente vender algunos bienes raíces. Pero lo que verdaderamente me preocupa es Garson y la hipoteca del banco. No creo que se muestre muy dispuesto a ayudar a su ex mujer.

Cade suspiró, consciente de las dificultades a las que se enfrentaba.

—Desde luego, Tom no se lo ha dejado fácil a esa chica —comentó Hank—. ¿Piensa Abby poner en marcha de nuevo el rancho?

—Es posible, si las cosas salen bien —indicó Cade—. Pero llevaría mucho tiempo. Por eso quería escupir una idea que he estado rumiando estos últimos días. He leído que algunos rancheros han convertido parte de sus tierras en un centro de descanso.

Cade obtuvo por respuesta una sucesión de miradas incrédulas, pero no se desanimó.

—En esta zona hay suficiente vida salvaje para crear un atractivo complejo turístico. Mucha gente está deseando escapar del agobio de la gran ciudad y olvidarse de todo por un tiempo. Quieren refugiarse en un lugar tranquilo. Yo había pensado en las tierras del rancho Moreau que lindan con Mustang Valley.

Cade tragó saliva con la esperanza de no estar sobre pasando los límites antes de seguir con su idea.

—Hank, me preguntaba si tú estarías interesado en la idea. Podría ser un buen negocio. Tu franja de tierra que bordea el lado opuesto del río sería perfecta —añadió—. Los únicos cambios consistirían en diseñar algunos senderos y construir unas cuantas cabañas para huéspedes. Yo adelantaría el dinero para las obras. Mustang Valley podría convertirse en una gran atracción.

Hank frunció el ceño.

—Eso generaría un montón de tráfico y traería mucha gente a esta zona, ¿no es cierto?

—No, si no queremos que ocurra. Protegeremos la tierra. No tenemos prisa. Construiremos unas pocas cabañas y, si funciona, añadiremos más. No permitiremos la entrada de coches. Solo caballos, bicicletas y senderistas. A la gente le gusta caminar.

Promocionaremos un entorno ecológico. Créeme, podríamos sacar mucho dinero.

Cade miró a Chance y Joy, que estaban expectantes.

—Vuestro rancho está justo al otro lado del valle, pero podríamos incluir el terreno junto al lago. Eso nos permitiría incluir en nuestra oferta pesca y natación. Y no supondría una molestia para la privacidad de la familia. Podríamos reservar un mes para nuestro uso y disfrute, en exclusiva.

Los ojos azules de Joy brillaban con intensidad al mirar a su marido.

—Me gustaría hacer algunas mejoras en el lago para poder llevar allí a Katie cuando sea mayor —reconoció Joy—. ¿Qué opina Abby de todo esto?

—Aún no lo sabe. Antes quería hablarlo con vosotros. Sé lo mucho que significa el valle para todos y nunca haría nada que lo pusiera en peligro.

Finalmente, Chance tomó la palabra.

—¿Así que crees que una suerte de espacio natural podría generar suficientes ingresos para salvar el Rancho Moreau?

—No por sí solo —apuntó Cade—. Abby tendrá que arrendar parte sus pastos durante un tiempo. De hecho, voy a comentarle la posibilidad de que convierta el rancho en una explotación de turismo rural una temporada.

—Es increíble —dijo Hank—. ¿Piensas que la gente de la ciudad pagará para trabajar en un rancho?

—Sí, lo creo —asintió Cade—. En Chicago, todos mis colegas creían que mi vida en el salvaje Oeste era mucho más interesante que su trabajo de oficina. Podríamos anunciarnos en Internet. Llegaríamos a todo el mundo.

Hank guardó silencio durante largo rato. Por fin, se puso en pie.

—Desde mi cumpleaños he estado pensando mucho. Había planeado esperar a que Travis estuviera aquí, pero supongo que este es tan buen momento como cualquier otro.

Hank suspiró y Cade cazó una mirada a Chance, quien reflejaba una honda preocupación en su rostro.

—Me estoy haciendo demasiado viejo para dirigir yo solo este rancho —continuó Hank—. Vosotros habéis sido mi única familia, casi mis propios hijos. Así que he decidido cederos Circle B. a los tres. A partir de ahora, es asunto vuestro lo que hagáis con las tierras.

—Yo nunca esperé…—Cade tomó aire—. No quiero que te deshagas de tus tierras.

—Si llego a saber que eso os iba a traer de vuelta a casa, lo habría hecho hace tiempo —sonrió Hank—. Creo que merezco un descanso. Además, eso me dará tiempo libre para malcriar a mis nietos.

Hank se volvió y abandonó la cocina.

La habitación quedó en silencio. Cade miró a Chance. Parecía tan confuso como él.

—Supongo que deberíamos llamar a Travis y darle la noticia —sugirió Chance.

Era una buena idea. Cade quería volver a hablar con su hermano. Desde que se había marchado, solo había podido hablar con su contestador telefónico. Puede que Chance tuviera más suerte.

—Sí, llámalo —acordó Cade—. Yo iré a hablar con Abby.

De pronto, Cade sintió una fuerte excitación. Estaba de vuelta en su verdadero hogar e iba a quedarse. Iba a iniciar una nueva vida junto a su hijo. Solo esperaba que Abby aceptara la idea de tenerlo cerca.

Esa tarde, después del paseo, Brandon estaba cepillando a Smoky en el establo, mientras Cade quitaba los arreos. Había decidido traer a su caballo Gus desde Circle B. para tenerlo a mano.

—¿Cuándo tienes que regresar a Chicago? —preguntó Brandon.

—No sé si te lo he dicho, pero voy a quedarme por aquí una temporada —afirmó Cade.

—¿Por qué? —preguntó el chico sin ningún énfasis.

—Quiero ayudar a tu madre con el rancho.

—Para eso está Charlie.

—No intento suplantar a Charlie. Me encargo de la parte financiera. De esa forma, el rancho seguirá siendo rentable cuando tú crezcas. Digamos que estoy velando por tus intereses.

El chico sonrió y Cade sintió que el corazón se le salía del pecho.

—¿Quieres decir que trabajas para mí? ¿Soy el jefe?

—¿Te crees un pez gordo? —se burló Cade, que empezó a hacer cosquillas al chico y acabó aupándolo hasta cargarlo al hombro, como un saco de patatas.

En cuanto recuperó la verticalidad, Brandon miró a Cade.

—Me alegro de que te quedes. Es como... tener

—¿Qué? —preguntó Cade.

—Es como tener un padre —terminó.

Antes de que Cade pudiera reaccionar, Brandon retomó el cepillo y continuó el trabajo. Cade se quedó quieto, recobrando el equilibrio, deseoso de decirle la verdad a su hijo. Pero se contuvo una vez más.

—Yo también me alegro de quedarme.

Abby entró en los establos y se quedó mirando unos segundos. Tuvo que admitir que se sentía un poco celosa de la relación que se había establecido entre Cade y Brandon. Se habían hecho íntimos en apenas unas semanas. Y su hijo no tardaría en averiguar que Cade era su verdadero padre. ¿La odiaría por eso?

—Hola, mamá —gritó Brandon—. Cade y yo hemos paseado junto al lago y hemos pasado por casa de Chance y Joy. También hemos visto a Katie y Joy me ha dejado tomarla en brazos.

—¿De veras? Es una ricura, ¿verdad?

—Me ha sujetado el dedo —asintió Brandon.

—Parece que has estado muy ocupado.

—Ha sido divertido.

—Y mañana también te espera un día duro —señaló Abby mirando la hora—. Sube a darte un baño antes de acostarte.

Brandon quiso discutir, pero después miró a Cade.

—De acuerdo, mamá. Voy a guardar el cepillo —dijo y corrió al cuarto de herramientas.

—Haz el favor de explicarme qué le has dicho a Brandon para que no haya protestado.

—Nada del otro mundo —explicó Cade—.

Solo le he dicho que las mamás son especiales y que no conviene fastidiarlas.

—Gracias —respondió Abby, emocionada.

—De nada.

Cade se despidió de su caballo, salió del establo y cerró la puerta. Se quedó junto a ella, los ojos negros fijos en los de Abby. Ella sintió una ola de ternura recorriendo su cuerpo.

—Abby, ¿crees que podríamos hablar cuando Brandon se haya acostado?

—Claro —dijo ella, pero no le gustaba el tono empleado por Cade.

Brandon regresó y los tres juntos entraron en casa. Por un segundo, Abby tuvo la sensación de que formaban una familia.

Una hora más tarde, Abby escuchó en silencio los planes de Cade para crear una reserva natural en el rancho. Cade comprendió que más allá de su buena disposición, necesitaba el apoyo incondicional de Abby.

Sin decir nada, Abby se levantó y caminó hasta el patio.

—¿Sabes? Ni una sola vez mi padre o mi marido me pidieron mi opinión. Mi padre ni siquiera me dejó el rancho en herencia. Nunca aceptó mi divorcio —Abby miró a Cade, que estaba de pie, y sus ojos eran dos esmeraldas brillantes—. Gracias, Cade. Gracias por preocuparte por mí.

—Tú administras el rancho, Abby. Tienes la última palabra —dijo Cade.

—Podías haberme dicho que era la única forma de salvar el rancho.

—No estoy seguro de que sea la solución a tus problemas —admitió con honestidad.

—En cualquier caso, estoy en deuda contigo.

Cade se fijó en Abby. Vestía como siempre, en vaqueros y botas. Pero la blusa azul marino resaltaba increíblemente sus ojos y su piel. Cuando se giró, una tímida sonrisa asomó a sus labios y Cade notó el pulso acelerado.

Quería odiarla, pero no podía. La joven Abby a la que había conocido había amado a su padre, deseosa de complacerlo siempre. Obviamente, Tom Moreau no había querido que su única hija se comprometiera con un Randell. Así que la había forzado a un matrimonio desgraciado.

—¿Alguna vez fuiste feliz mientras estuviste casada con Joel? —preguntó Cade, tan sorprendido de su atrevimiento como la propia Abby. Pero tenía que saber porque lo había elegido en su lugar.

Abby no reaccionó. Cade se acercó a ella.

—¿Cuándo empezó a pegarte?

—Joel no siempre fue así. Creo que la primera vez que ocurrió estaba tan sorprendido como yo.

—¿Cuándo fue la primera vez? ¡Abby, por favor!

—Fue el día que Brandon cumplió cuatro años. Había un montón de niños y padres en la fiesta. Uno de los invitados advirtió que Brandon era muy moreno de piel, mientras que Joel y yo éramos más blancos. Después de que todos se marcharan, Joel bebió unas copas de más. Quiso iniciar una discusión y terminó dándome un puñetazo.

Cade vio una lágrima deslizarse por la mejilla de Abby. Incapaz de contenerse, la abrazó. Cade aspiró el perfume de su piel.

—Pero él sabía que Brandon no era hijo suyo.

—Sí —asintió Abby contra su pecho—. La primera vez que me propuso matrimonio, lo rechacé. Pero era muy persistente, así que solté que estaba embarazada. No le importó. Dijo que cuidaría del bebé. Nadie hizo preguntas cuando Brandon nació a los siete meses. Pero cuando creció, empezó a parecerse a ti. La gente comenzó a notarlo y eso lo sacó de sus casillas.

—Y decidió hacértelo pagar. A golpes —masculló Cade, mientras Abby se apretaba contra él entre sollozos—. ¡Maldito bastardo!

—Por favor, no quiero hablar de Joel —imploró Abby.

Abby levantó la cara hacia él, los ojos bañados en lágrimas. Cade tensó el cuerpo. No quería reconfortar a Abby. Pero se inclinó hacia ella hasta besarla. El sabor de sus labios tuvo un efecto inmediato en ella, que se entregó impaciente en busca de todo su calor. Había pasado tanto tiempo desde que alguien la abrazara así. Rodeó a Cade con los brazos y notó cómo él vibraba y se estremecía mientras su lengua recorría toda su boca, incansable. De pronto, se separó de ella con tanta brusquedad que Abby tropezó y estuvo a punto de caer.

—Cade —susurró Abby, pero él le dio la espalda.

Abby se quedó mirándolo y comprendió que Cade estaba tratando de recobrar la compostura.

—Esto no debería haber pasado —acertó a decir—. Estoy aquí por Brandon, no para revivir una aventura de juventud.

—Yo no te he besado —respondió Abby dolida—. Has sido tú.

—Nunca han existido dudas sobre lo que siento hacia ti, Abby —dijo furioso—. Una vez zanjado este asunto, podemos volver a hablar de negocios. ¿Quieres que siga adelante con los planes para el rancho?

—Haz lo que creas más conveniente —dijo sin prestar mucha atención.

—El exceso de confianza no siempre es bueno —advirtió Cade.

—No me preocupa. No tengo nada que perder. Además, eres el padre de Brandon. Sé que solo buscas lo mejor para él.

—Bien, pero recuerda que él es la única razón por la que estoy aquí —recordó y salió hecho una furia.

Abby creyó que ya estaba acostumbrada a su rechazo, pero al oír la puerta cerrarse de un portazo comprendió que no era así. Pero aceptaría a vivir con ello, igual que había hecho toda su vida.

Unos días más tarde, Cade entró en el banco. Odiaba la idea de tragarse su orgullo y pedirle un favor a Joel Garson. Pero no tenía elección. Quedaban diez días para que venciera el plazo de la hipoteca y Abby no aceptaría un préstamo suyo. Puede que Joel se sintiera generoso y aceptara prorrogar el plazo otros tres meses. Cade lo dudaba. Por eso, hasta que pudiera vender el terreno frente al lago, debería reunir más capital.

Pensó en Abby. Nunca debería haberla besado. Se estaba volviendo loco. ¿Por qué no podía dejar de pensar en ella? No significaba nada para él. Nunca lo había querido.

Recordó la dulzura de sus besos y la ligereza de su cuerpo entre sus brazos. Tenía que centrarse y limitar su relación con Abby a lo estrictamente comercial. Por el bien de Brandon.

Cade llegó a la oficina del banco y comprobó que Joel estaba sentado en su despacho. Tomó aire y llamó a la puerta. Tenía una cita, así que no había razón para esperar. Abrió la puerta y entró. Por la mirada de Garson, comprendió que no se alegraba de verlo en lugar de Abby. Bien.

—Garson. Supongo que ya sabes por qué estoy aquí —anunció Cade, mientras tomaba asiento y dejaba el maletín sobre la mesa—. Se trata del rancho Moreau.

Joel se recostó en su sillón de cuero y sonrió.

—Así que quieres un favor, Randell. Interesante. ¿Y que obtendría yo a cambio?

Cade odiaba su engreimiento, pero lo ignoró. Sacó una hoja del maletín y se la entregó a Joel.

—Puedes añadir otro veinticinco por ciento sobre el crédito y los pagos atrasados.

—Impresionante —admitió Joel—. Parece que aprovechaste los estudios. He oído que te han ido bien las cosas en Chicago. ¿Por qué sigues aquí?

—Mira, Garson, no finjamos una complicidad que no existe. Estoy aquí por negocios. Si estás interesado, hazmelo saber.

—¿Por qué debería ayudar a tu hijo bastardo?

—Dejemos a Brandon fuera de esto —dijo Cade, reteniendo las ganas de partirle la cara.

Joel se levantó y rodeó la mesa.

—¿Acaso no se trata de su rancho? —preguntó y se inclinó hacia él—. ¿Por qué debería ayudar a un... Randell?

Cade saltó del asiento, agarró a Joel por las solapas y lo empujó contra la pared. Cade pudo notar cómo el aliento le apestaba a alcohol mientras Joel boqueaba.

—No es tan divertido cuando eres tú el que recibe los golpes, ¿verdad?

—Suéltame —forcejeó Joel—, o llamaré a seguridad.

—Entonces yo llamaré a tu superior y le diré que uno de sus empleados apesta a bourbon a las nueve de la mañana.

—Vete al infierno.

—Después de ti —dijo Cade al soltarlo—. Me largo, pero si dices algo acerca de mi hijo lo lamentarás.

—Bien, ya puedes olvidarte de la prórroga. Yo mismo iré al rancho para cumplir la hipoteca el primero de mes. A no ser, claro, que puedas extender un cheque que cubra la totalidad de la deuda.

—Puede que te sorprenda, Garson —sonrió Cade—. De una forma o de otra, conseguiré el dinero. Y no te extrañes si Circle B. cancela su cuenta en este banco. No hacemos negocios con alcohólicos.

—Largo —gritó Joel iracundo—. Yo mismo me aseguraré de que nadie te preste dinero en esta ciudad.

—Quién lo necesita —dijo Cade.

Recuperó su maletín y salió del despacho. Sabía que podía pagar sin problemas la deuda del rancho Moreau. Pero también sabía que Abby nunca aceptaría su dinero. Subió a la camioneta, buscó su móvil y marcó el número del agente inmobiliario. Confiaba en que Nancy Painter hubiera tenido más suerte que él.

—Agencia Painter —respondió una mujer.

—Hola, Nancy. Soy Cade Randell. Por favor, dime que tienes buenas noticias acerca del rancho Moreau.

—Oh, Cade, iba a llamarte más tarde.

—¿Tienes un comprador?

—No, no exactamente. Hay alguien interesado. ¿Estarías dispuesto a bajar el precio?

Ya había bajado todo lo posible. El terreno junto al lago era demasiado valioso para regalarlo.

—No, Nancy. He rebajado el precio todo lo posible.

—Lo entiendo, Cade —suspiró Nancy—. Necesito un poco más de tiempo.

Cade sabía que si no vendía el terreno, Abby no podría devolver el crédito. Si no decía nada, podría ayudar hasta que apareciera otro comprador. Y Abby estaría libre de las garras de Garson.

El fin de semana varios camiones con remolque llegaron al rancho Moreau. Muchos vecinos se ofrecieron para ayudar en la subasta. Hank, Ella, Chance, Joy y hasta la pequeña Katie hicieron acto de presencia. Abby estaba impresionada por todo el apoyo que estaba recibiendo.

—He oído que organizas una subasta —dijo Hank.

—Eso parece —respondió Abby echándose a su lado para que entraran en la casa—. Gracias por venir.

Ella llevaba consigo una cazuela.

—Por favor, Abby, indícanos a Joy y a mí dónde está la cocina —señaló Ella.

—Yo iré a preparar el barracón —anunció Hank.

—Hank —gritó Abby—, tengo sitio de sobra en la casa para alojaros a todos.

El viejo vaquero sonrió complacido.

—Eso es muy amable por tu parte, Abby, pero me gustaría compartir estos días con los chicos, jugar a las cartas y comentar las noticias.

—Entiendo —asintió Abby—. Bien, Charlie tiene todo listo. Pero te espero esta noche para cenar.

—Puedes contar conmigo.

Hank abrazó a Abby, que se emocionó ante un gesto tan natural. Ojalá su padre hubiera sido tan cariñoso como el bueno de Hank.

—¡Mamá, mamá! —gritó Brandon—. ¿Adivina qué? Voy a dormir en el barracón con todos los hombres.

—Bueno, cielo. Tal vez deberías dormir en casa. Se levantan muy temprano.

—Ya lo sé. Voy a levantarme con ellos.

Abby suspiró al tiempo que Cade entraba en la casa. Abby lo miró suplicante con la esperanza de que él pudiera convencer a su hijo de que era demasiado joven.

—Escucha, Brandon —Cade se arrodilló para estar a su altura—. Creo que pasar toda la mañana a caballo puede que sea demasiado.

—Pero tú dijiste que era un buen jinete. Quiero ir —sollozó Brandon—. Ya no soy un niño.

—Sabemos que no eres un niño, pero conducir un rebaño no es algo fácil. Tú no tienes costumbre y es un poco tarde para enseñarte. En otoño hay otra subasta en Circle B. Te prometo que para entonces estarás listo.

La habitación permaneció en silencio mientras Brandon sopesaba la propuesta. Abby apoyaba a Cade en silencio, consciente de que se enfrentaba a la parte más dura de ser padre: decir que no a su hijo.

—Tengo una idea —apuntó Cade—. Mañana puedes vigilarnos con los prismáticos, y en el momento en que veas la polvareda que levanta el rebaño, podrás montar y reunirte con el grupo.

—¿Seguro? —exclamó el chico.

—Siempre que a tu madre le parezca bien —señaló Cade.

—Creo que eres lo suficientemente mayor para ir —aceptó Abby, que por nada del mundo quería estropearle el día a su hijo.

—Gracias, mami —dijo Brandon y abrazó a su madre. Luego se giró hacia Cade y lo rodeó con los brazos—. Gracias, Cade.

Abby notó la emoción que sentía Cade al abrazar a su hijo. Por fin, se puso en pie.

—Ahora ve por tus cosas y llévalas al barracón.

Después de que Brandon subiera corriendo las escaleras, Cade se dirigió a Abby.

—Cuidaré de él —aseguró—. Lo traeré

por la mañana para el desayuno.

Abby asintió, agradecida y sorprendida de que Cade se tomara tantas molestias para agradarla.

—Está bien. Seguro que Brandon se divierte y yo podré dedicarme a cocinar.

—Eso es lo que me gusta oír —sonrió Cade—. ¿Cuál será el menú?

—Es una sorpresa —dijo Ella—. Ahora lárgate con tus caballos y déjanos hacer nuestro trabajo.

Echó a patadas de la cocina a Cade y a Hank. Carmen ya había preparado tamales para la cena, por lo que se centraron en la comida del día siguiente.

Abby agradecía estar ocupada en algo. No quería pensar en lo mucho que Brandon y Cade estaban intimando. Tendría que acostumbrarse a que Cade volviera a formar parte de sus vidas. Brandon necesitaba un padre. Algo que ella no había podido darle hasta ese momento. Y estaba claro que Cade se tomaba muy en serio su papel.

En plena noche, Abby salió al patio y se sentó a contemplar el reflejo de la luna junto a la piscina. Todo estaba cambiando muy deprisa. Mañana iba a ser un día duro y eso le gustaba. Ella y Brandon habían vivido aislados durante demasiado tiempo. Joel nunca había sido un hombre de familia y, cuando le daba por beber, ella y Brandon procuraban alejarse. Ahora estaba rodeada de gente. El rancho había sido como una tumba, no solo desde la muerte de su padre, sino desde mucho antes. Desde que su madre se había ido.

Abby recordaba cuando era una niña de cinco años. Siempre se organizaban fiestas en el rancho Moreau. Lo guapa que era su madre y cuánto la quería su padre. ¿Acaso la prematura muerte de Jessica Moreau había amargado a su padre y lo había vuelto en contra de su única hija?

Abby no había tenido una infancia normal. Su padre nunca le había dedicado demasiado tiempo. Así que los empleados del rancho se habían convertido en su familia, empezando por Carmen y Charlie. Jugaba con los hijos de los otros trabajadores. Luego, en la escuela, conoció a Cade. Tenía mala fama. Al principio se había mostrado tímida y cauta. Había oído las historias que contaban sobre él y sobre su padre ex presidiario, pero no le importaban. Cade era amable con ella. Se preocupaba por ella. Y no tardó en enamorarse de él.

Abby cerró los ojos y suspiró. Nunca había querido herirlo. Pero no había tenido elección. Su padre la había obligado. Cuando reunió el valor necesario para contarle la verdad ya era demasiado tarde. Y ahora llevaba ocho años de retraso.

Una lágrima recorrió su mejilla y Abby se secó con el dorso de la mano. El único consuelo que le quedaba era Brandon. Una parte de Cade que siempre estaría con ella.

—Abby....

Reconoció la voz de Cade y recobró como pudo el animo antes de volverse.

—Cade. ¿Qué estás haciendo aquí?

Vestía unos vaqueros nuevos y una camisa blanca.

—He ido a guardar unos informes en el despacho —explicó—. ¿Qué haces levantada? Mañana será un día muy duro y hay que estar en pie a las cinco de la madrugada.

—Ya lo sé —asintió—. Soy la hija de un ranchero.

—Dudo que alguna vez hayas tenido que levantarte al alba para conducir un rebaño de vacas.

—¿Y cómo lo sabes? —preguntó Abby enfurecida, de pie frente a él—. No tienes ni idea de lo que suponía vivir bajo el mismo techo que Tom Moreau.

Abby cruzó el patio y se alejó del hombre que aprovechaba cualquier oportunidad para atacarla.

Cade sabía que siempre metía la pata,

incordiándola. ¿Es que no podía evitarlo? Fue a su encuentro, pero se detuvo a una distancia prudencial.

—Lo siento, Abby. No he debido hablar así.

—No importa —suspiró—. Todos estamos soportando una gran tensión. Lamento haberte gritado.

Hablar de tensión era quedarse corto a los ojos de Cade. El reflejo de la luna en el pelo de Abby llamó su atención. Llevaba puesta una camisa azul de algodón y unos pantalones cortos. Tenía unas piernas preciosas. Inmediatamente dirigió su atención hacia el rostro de Abby. Tenía los ojos llorosos y la mirada triste. Posó la mirada en su boca. Una boca que sabía dulce y sedosa al tacto, y que enardecía su pasión hasta extremos insospechados.

Algo se quebró en su interior y fue hacia ella, convencido de que solo deseaba abrazarla y reconfortarla. Cuando llegó a su altura, ella se entregó a sus brazos. Cade notó que sus cuerpos se acoplaban a la perfección. Tanto que la deseaba. Por muchos años que hubieran pasado, el deseo permanecía inalterable.

Se echó hacia atrás y leyó el deseo en los ojos de Abby.

—Abby —suspiró, incapaz de oponer más

resistencia. Se fundieron en un beso.

Una luz brilló en la ventana de la cocina y Cade vio su reflejo. Reculó al oír voces. Tan pronto como fue recobrando el juicio, comprendió que había cometido un nuevo error. No podía volver a entablar una relación con Abby.

—Tengo que irme.

Vio la mirada dolida de Abby, pero la ignoró. Si no se marchaba en ese instante, no sabía si podría resistirse.

—Te veré en el desayuno —musitó, rezando para que Abby no pronunciara su nombre, porque sabía que volvería corriendo a sus brazos.

Capítulo Seis

Abby, que no quería ver a Cade después de lo ocurrido la noche anterior, se las apañó para evitarlo durante el desayuno. Habían estado muy cerca, pero al final él la había rechazado. Había decidido quedarse a ayudar en la cocina mientras Ella servía el desayuno en el barracón. Por fin, la cuadrilla montó y se alejaron con los primeros rayos de sol.

Pero Abby sabía que se trataba de un respiro temporal. Regresarían a mediodía con el rebaño. Y si conseguía evitar a Cade el resto de la jornada, solo estaría aplazando el problema hasta el día siguiente. Y de alguna manera tenía que afrontar la idea de vivir junto a un hombre que la despreciaba. Hundió la cara en las manos. ¿Acaso el destino la estaba castigando por lo que había hecho? ¿No había pagado ya bastante?

—Abby, ¿estás bien?

Abby levantó la cabeza y vio a Joy, de pie, con aspecto preocupado.

—Estoy bien —mintió—. Un poco cansada, nada más.

—Sí, lo entiendo —sonrió Joy—. Pero las subastas son divertidas, ¿no te parece?

Joy llevaba en brazos a Katie. Era un bebé precioso, rubio y mofletudo.

—Suponen mucho trabajo —dijo Abby.

—Creo que no pienso en el trabajo —recordó Joy—. Pienso en la subasta de Circle B. Fue entonces cuando Chance comprendió que no podía vivir sin mí.

—Pero para entonces ya estabais casados —recordó Abby perpleja.

—Fui yo quien le pidió a Chance que se casara conmigo —confesó Joy avergonzada—. Para poder retener a mi hija.

—No lo entiendo.

—Verás —suspiró Joy—, mi familia política quería arrebatarme a Katie. Chance accedió a casarse conmigo a cambio de parte de mi rancho.

—Dios mío —Abby se dejó caer en una silla—. No lo sabía.

—No es algo de lo que una mujer pueda sentirse orgullosa. Fueron unos comienzos duros, sobre todo cuando fingíamos estar casados —recordó con una sonrisa—. Los besos, las caricias, compartir una habitación. En fin, era feliz al comprobar la inquietud creciente de Chance.

—¿Cómo os juntasteis definitivamente?

—Hizo falta una tormenta y mucho valor por mi parte —enrojeció Joy—. Pero descubrí que los hombres de la familia Randell valían el esfuerzo.

Abby miró al horizonte. No había ninguna posibilidad de que Cade y ella terminaran así. Recordó el odio de su padre hacia la familia Randell.

—No siempre han estado bien vistos.

—Pero tú y yo lo sabemos. Creo que somos afortunadas —Joy adoptó un tono más serio—. Sé que tú y Cade tenéis una relación...y un hijo maravilloso. Sería estupendo si pudierais arreglar las cosas entre vosotros.

Abby cerró los ojos, deseando que fuera tan sencillo como eso.

—Es demasiado tarde. Lo que hubo entre nosotros fue hace mucho tiempo y ahora solo siente desprecio por mí.

—Tienes que darle tiempo. Los Randell siempre han soportado una gran carga familiar. Pero te aseguro que vale la pena luchar por ellos —Joy se acercó a Abby—. Si quieres mi opinión, me parece que Cade se queja demasiado sobre ti en voz alta. No estoy segura de a quién trata de convencer.

En ese momento, Brandon entró como una exhalación en la cocina.

—¡Mamá! Ya llegan —gritó entusiasmado—. He visto la polvareda. Hasta Cade me ha saludado con la mano.

—Entonces será mejor que te prepares

—dijo mientras seguía a su hijo hasta los establos. Su caballo ya estaba ensillado y listo para salir.

—No hagas ninguna locura ni se te ocurra asustar al ganado.

Abby aupó a su hijo hasta la silla.

—No lo haré, mamá.

Brandon tiró de las riendas y llevó a su caballo, Smoky, hasta la entrada del establo que un empleado mantenía abierta para dejarle paso.

Abby vio a Brandon alejarse. Quería asegurarse de que no le pasaba nada. Tomó los prismáticos que colgaban de un poste y miró en dirección al sol. Descubrió la figura de un jinete que iba al encuentro de Brandon. Era Cade. Cuando padre e hijo se encontraron, Brandon sonrió. Cade también lo hizo, jugando con el sombrero de su hijo. Abby sentía un pellizco en la boca del estómago. Quería estar con ellos, pero no podía. Tenía que acostumbrarse a verlos compartir cosas sin contar con ella. Una ola de tristeza invadió su cuerpo cuando los dos jinetes se alejaron. Ya nada sería igual.

Cade estaba sucio, sediento y cansado de los berridos del rebaño. Condujo las vacas hasta los rediles exteriores. Si sus colegas de Chicago hubieran podido verlo en ese momento, no le habrían concedido tanto encanto al hecho de ser ganadero. No tenía que convencerlos de lo contrario. Lo vivirían en sus propias carnes después de una estancia en el Rancho Moreau.

Cade se fijó en Brandon al pasar junto a Chance. El chico sonreía mientras su tío le explicaba la forma en que su caballo separaba al ternero de su madre. Cade se enorgulleció al ver a su hijo seguir con atención las explicaciones de su tío. Brandon rebosaba felicidad y excitación. Eso valía más que todo el dinero del mundo.

Cade empezó a pensar en Abby. Miró en dirección a la casa con la esperanza de verla. Había unas cuantas mujeres atareadas en la mesas que se habían dispuesto a la sombra. Reconoció la figura de Abby y sintió una intensa emoción en su interior. Ella vestía vaqueros y una blusa blanca. Llevaba el pelo sujeto en una cola de caballo, aunque algunos rizos se rebelaban. Estaba atractiva, muy atractiva. Igual que la noche anterior. Afortunadamente, se había detenido a tiempo. Pero no sabía hasta cuándo podría contener sus impulsos. Después de todo, solo era un hombre.

—¡Eh! Apártate o vuelve al trabajo —gritó Chance.

—Sí —confirmó Brandon, que pasó junto

a él llevando a dos becerros al redil.

—Será mejor que me quite —asumió Cade—. Sois demasiado buenos para mí.

Una vez que habían encerrado a todo el ganado, Brandon y Chance se acercaron a Cade.

—Este chico es un auténtico vaquero —señaló Chance.

—Aprendo rápido —sonrió Brandon agradecido.

—Creo que voy a ganarme una buena bronca cuando tu madre te vea —dijo Cade, sacando un montón de polvo del sombrero del chico.

—No lo creo —negó con la cabeza—. Mamá dice que los niños deben ensuciarse porque ese es nuestro trabajo.

—Seguro que tienes que tomar un montón de baños —apostó Chance.

—Tengo que hacerlo de todas formas —asintió Brandon—. Mamá dice que estoy sucio aunque no pueda verlo. ¿Es eso cierto, Cade? Hay suciedad que no se puede ver.

—Sí, y además estás todo sudado.

—¿Por qué las chicas no sudan? —preguntó el chico—. Mamá siempre huele bien, a flores.

Sí, era cierto. Cade echó un vistazo a su hermano.

—Supongo que los hombres y las mujeres

son distintos.

—¿Distintos? Ya sé que las chicas son más blandas. No tienen músculos y cuando crecen le sale el pecho, pero…

—Escucha, Brandon, deberíamos dejar este tema para otro momento —dijo Cade, que no podía soportar la sonrisa burlona de Chance—. Deberíamos asearnos antes de la comida.

—Está bien.

Todos desmontaron y Brandon corrió en dirección a la casa. Chance soltó una sonora carcajada.

—Si pudieras haberte visto la cara cuando el chico mencionó el pecho de las chicas…

—Ya veremos qué ocurre cuando Katie se haga mayor —avisó Cade, que llevó su caballo hacia los establos.

—Aún me quedan algunos años hasta que llegue ese momento. Por ahora, no pienso quitarte ojo.

—¿Crees que voy a quedarme aquí tanto tiempo? —preguntó Cade.

—Eso pensaba —dijo Chance adoptando un tono serio—. El resto piensa igual. Ya sé que San Angelo no resulta tan excitante como Chicago, pero aquí tienes tus raíces y tu familia.

Cade miró fijamente a su hermano mayor.

—A veces, las ciudades se sobrevaloran. Mi hijo está aquí. Quiero estar cerca para verlo crecer. Pero sería bueno tener un trabajo, y espero que tú accedas a llevar adelante el centro de ocio que os comenté.

—¿Y si te dijera que Joy y yo estamos interesados?

—Diría que tenemos que hablar con Travis —añadió Cade con alegría.

—Pues hagámoslo —dijo Chance—. Será estupendo tenerte por aquí de nuevo.

—No dirás lo mismo cuando veas lo mucho que dependo del coche. Vamos a comer algo. Estoy al borde del desmayo.

Una vez terminado el almuerzo, Abby se afanó en limpiar las mesas y llevar dentro todos los cacharros.

—¿Vas a esconderte todo el día?

Abby se giró y vio a Cade. Estaba de pie, frente a ella, vestido con ropa de faena. Parecía sacado de un anuncio para promocionar el salvaje Oeste.

—Requiere mucho trabajo dar de comer a tanta gente.

—Bueno, tómate un descanso para mirar a tu hijo. Si te parece bien, voy a dejarle que nos ayude a marcar las reses.

—¿En qué estás pensando? —preguntó Abby con los brazos en jarras—. Solo tiene siete años. Uno de esos animales podría patearlo.

—Lo mantendré alejado hasta que la res esté atada.

—¿Quién va a echar el lazo?

—Se lo he pedido a Chance.

—Bien —asintió Abby.

—Se trata de tu rancho —indicó Cade al alejarse—. Deberías estar presente.

—¿Eso crees?

—Sí. Algunos de los chicos han preguntado por ti.

Abby se sorprendió al escuchar aquellos nombres.

—No sabía que los señores Hicks y Henson fueran amigos de mi padre.

—No han venido a ayudar a tu padre, sino a ti. Son buenos vecinos y deberías ir y hablar con ellos.

—No quería interferir entre Brandon y tú.

Cade no podía creer lo que estaba escuchando. ¿Era esa la razón por la que ella lo estaba dejando al mando de todo?

—Nunca he querido que te sintieras excluida, pero gracias por pensar en mí —señaló Cade—. Ahora ponte un sombrero. La fiesta va a empezar.

Abby sonrió y Cade notó su corazón latir con fuerza. Recordaba el beso de dos días antes. La noche anterior la había deseado intensamente, pero había podido alejarse en última instancia. Cada vez era más difícil.

Abby se alejó y regresó unos minutos después sin el delantal. Se había puesto su viejo sombrero. Llevaba un par de guantes en el bolsillo del pantalón y una cámara de fotos. Caminaron juntos hasta los corrales exteriores. Abby saludó uno a uno a todos los hombres y ayudó en los preparativos.

Había pasado algún tiempo y Cade estaba algo oxidado en esas lides, pero no tardó en recordar los consejos de Hank. En apenas unos segundos, podía tumbar al becerro, sujetarlo y marcarlo. Brandon ya había asistido a otras subastas antes, pero esa era la primera vez que quería participar. Cade lo había dejado entrar al corral, pero lo mantenía alejado hasta que el animal estaba sujeto en el suelo. Con la ayuda de Cade, el chico presionó el hierro candente contra la piel del animal. Nada podía compararse con la sonrisa del chico cuando terminó la tarea.

—¡Mamá! ¿Me has visto? Lo he hecho. He marcado una res.

—Lo he visto —dijo Abby—. Incluso he hecho una foto.

—Bien. Podré enseñársela a Billy en el campamento. Hazme otra con su padre.

—De acuerdo —asintió Abby.

Hizo algunas fotos más y luego se alejó para charlar con algunos de los rancheros de la zona.

Cade no tardó mucho en darse cuenta de que no estaba en su mejor forma. Había trabajado muy duro en Chicago, pero esto era diferente. Pero era demasiado orgulloso para mostrarse débil ante su hijo. Siguió marcando reses hasta que el último becerro estuvo señalado con el distintivo del rancho Moreau.

Por la noche, Cade emitió un quejido sordo mientras se agachaba junto a la piscina de burbujas. Le dolían todos los huesos del cuerpo. Tenía que hacer algo o sería incapaz de montar al día siguiente. Ese pensamiento lo asustaba. Chance nunca se lo permitiría. Cerró los ojos y se apoyó contra la pared de la piscina. Escuchó un ruido y descubrió a Abby tras él. Llevaba puesto un bañador azul y un vestido corto que dejaba al descubierto sus piernas.

—He oído correr el agua, pero no sabía quién era.

—No quería llamar la atención —admitió Cade—. Me temo que no estoy preparado para este trabajo.

—¿De veras? Así que no eres tan duro como creías.

—Yo nunca he dicho que fuera duro, demonios —dijo Cade, que deseaba que ese vestido dejara más al descubierto—. ¿Qué haces tú aquí fuera?

—No podía dormir.

—Querías relajarte un poco y te he fastidiado.

—No te preocupes. Creo que lo necesitas más que yo —Abby dio media vuelta—. Ya vendré en otro momento.

—Puedes usarlo ahora, si quieres. Hay sitio de sobra para los dos —indicó Cade, que estaba dispuesto a lo que fuera para verla en traje de baño—. No seas tímida.

—No lo soy —admitió Abby—, pero no creo que sea una buena idea.

—¿Crees que no podrás aguantar sin ponerme la mano encima?

Abby, en respuesta, se quitó el vestido. Cade tragó saliva. El traje de baño azul oscuro era de una pieza. El bañador dejaba al descubierto los muslos y se ajustaba al cuerpo de Abby. Envolvía sus senos y se marcaba las forma de los pezones a través del tejido. Cade notaba el pulso acelerado.

—¿Estás bien? —preguntó Abby.

—Perfectamente.

Abby asintió, entró en la piscina y se sentó. Estiró las piernas. Cerró los ojos y abrió la boca mientras las burbujas de agua acariciaban suavemente su cuerpo.

—Esto es una maravilla —susurró.

—Sí, el agua tiene la temperatura ideal —corroboró Cade.

De pronto, Abby apoyó sus piernas en el cuerpo de Cade.

—Lo siento.

Cade comprendió que la única forma de superar la situación era pensar en otra cosa.

—He hablado con Chance esta mañana. Están de acuerdo en apoyar el proyecto para el rancho.

—Eso es genial. Entonces, podemos empezar enseguida.

—Todavía tengo que hablar con Travis —señaló Cade—. He intentado localizarlo después de cenar, pero no es fácil dar con él. Mañana volveré a llamar. Este negocio tardará un tiempo en echar a andar.

—Ya lo sé. Gracias a Dios que pudiste vender el terreno junto al lago. De lo contrario, Brandon y yo hubiéramos tenido que irnos a vivir a otro sitio.

Cade apartó la mirada. Esperaba haber vendido la propiedad para entonces, pero no había sido posible.

—Bueno, no tienes que preocuparte por eso. Ahora, independientemente de Travis, podemos empezar a trabajar en tus terrenos. Si es que quieres que las cabañas estén construidas y listas para la próxima primavera.

—Claro que quiero. Pero he pensado que necesitaré un trabajo mientras tanto. No vamos a ingresar ningún dinero extra en este tiempo.

Cade se incorporó. No quería que Abby pasara el día trabajando fuera de casa. La necesitaba para ayudarlo con los planos.

—Deja que yo me ocupe del dinero. Además, he desatendido mis obligaciones con mi hijo durante siete años. Me encargaré de que no os falte de nada.

—No me debes nada —negó Abby—. Fui yo quien te ocultó que tenías un hijo.

—Eso ahora no importa —dijo Cade—. Quiero ocuparme de mi familia.

—A Brandon nunca le ha faltado de nada.

—Excepto un padre —soltó Cade, que al punto se arrepintió.

Podía ver por la expresión de Abby que su comentario la había dolido.

—Lo lamento —se excusó.

Abby salió de la piscina sin decir una palabra. Cade se apresuró hasta alcanzarla.

—Abby, espera —Cade la sujetó por el brazo.

—Déjame sola —dijo Abby mientras intentaba soltarse.

—No puedo.

Se enzarzaron en una pelea al borde de la piscina mientras Abby luchaba por liberarse. De pronto lo empujó y, al hacerlo, resbaló y cayó a la piscina. Cade se zambulló tras ella en el agua helada, sin importarle el cloro. Ayudó a Abby a sujetarse en el bordillo. Abby buscó un poco de aire y se apartó el pelo de la cara.

—Mira lo que has hecho.

—Si me escucharas un momento.

—No quiero oír nada de lo que tengas que decir.

Abby lo empujó y nadó hasta el extremo opuesto de la piscina. Cade la dio alcance sin mucho esfuerzo.

—Maldita sea, Abby —dijo Cade—. No te dejaré marchar hasta que hablemos.

Abby respiraba con dificultad. El agua los cubría hasta el pecho.

—Pues date prisa.

Cade perdió la voz repentinamente y su mirada se posó en la parte de Abby que sobresalía del agua. A pesar del agua helada, su cuerpo ardía por dentro.

—¿Qué es lo que quieres decirme? —se impacientó Abby.

—Lo siento. Siento lo que te he dicho —Cade se mesó los cabellos—. No sé lo que me pasa.

—Se trata de mí —dijo Abby—. Estás resentido por haberte ocultado a Brandon. No te culpo, pero no voy a permitir que me insultes. He pasado demasiados años dejando que los hombres…

Abby no pudo seguir, mientras un nudo en la garganta ahogaba sus palabras y las lágrimas afloraban. Ocultó el rostro entre las manos.

—Dios mío, Abby. Lo siento.

Cade la abrazó sin la menor resistencia. Abby trató de zafarse en un principio, pero terminó por entregarse. Incluso en el agua mantenía ese aroma especial. Cade la deseaba intensamente.

—Abby —susurró Cade.

Ella levantó la vista. Cade descubrió en sus ojos una mezcla de sorpresa y felicidad. Casi no podía respirar. Pero no le importaba. Se inclinó y la besó en la comisura de la boca. Repitió la acción en el lado opuesto. Luego mordisqueó su labio inferior con suavidad. Ella soltó un breve gemido y se encorvó.

—¿Quieres que siga?

—Sí…

Cade le tomó la palabra. Posó sus labios sobre todo su cuerpo mientras el deseo lo torturaba. Quería decirle a Abby cómo se sentía y lo felices que podían llegar a ser. Cada beso era más desesperado, más cálido. Hasta que Abby se aferró a él. Cade quería seguir. Acarició sus pechos con las manos. Abby tembló mientras Cade no dejaba de besarla, forzando con la lengua la resistencia de sus labios. Cade estaba a punto de estallar.

—Me vuelves loco —dijo Cade.

Sus manos se movían por el cuerpo de Abby, recorrían su cintura, sus caderas, su espalda hasta los tirantes del bañador. De un tirón, cayeron y dejaron al descubierto sus pechos. Cade contuvo la respiración, extasiado. Se agachó y chupó uno de los pezones hasta que se endureció.

—Cade —gimió Abby.

Sujetó sus manos, pero no lo detuvo. Ella misma empezó a acariciar su pecho con las manos, a las que siguieron los labios.

—Te deseo, Abby —masculló Cade entre dientes, mientras llevaba a Abby contra la pared de la piscina, presionándola con su cuerpo. Ella gemía y lo miraba fijamente. La luz de la luna hacía que los ojos de Abby brillaran de deseo. Sus labios temblaban débilmente. Nunca había estado tan guapa. Cade no tenía palabras. Le acarició la cara con toda la dulzura de que era capaz.

De pronto escucharon voces de hombres junto a los corrales. Cade abrazó a Abby y permanecieron inmóviles hasta que el grupo pasó de largo. Podía sentir el cuerpo de Abby temblando de frío. Las voces se desvanecieron y respiraron tranquilos de nuevo. Eso también los hizo recuperar el calor de sus cuerpos.

¿Qué estaba haciendo con Abby semidesnuda en la piscina? Si los hubieran visto... Cade puso el bañador de Abby en su sitio.

—Lo siento. No he debido permitir que esto pasara —dijo Cade—. No de esta manera. No me gusta la idea de que nos sorprendan así.

Abby se separó de él y nadó hasta las escaleras de la piscina. Cade decidió que no podía seguir así por más tiempo.

—No te vayas, Abby. Tenemos que hablar.

—Siempre tenemos que hablar y siempre termina igual, Cade. Me odias y eso no va a cambiar nunca.

—Yo nunca te he odiado, Abby —respondió Cade.

—Cualquiera lo diría —dijo Abby mientras se ponía el vestido—. Mira, no puedo enfrentarme con esto ahora. Sé que quieres formar parte de la vida de Brandon y me parece bien. Pero no debemos estar juntos. Este tira y afloja es demasiado. Debemos encontrar la forma de mantenernos alejados.

—Yo no quiero eso, Abby —señaló Cade,

de pie frente a ella.

—¿Y qué sugieres que hagamos?

Cade soltó lo primero que le vino a la cabeza.

—Cásate conmigo.

Capítulo Siete

Abby miró a Cade con incredulidad.

—¿Te has vuelto loco?

—Es posible —dijo Cade—, pero piensa en ello un momento.

Cade buscó una toalla y se la anudó alrededor de la cintura. Abby recorrió con la mirada el cuerpo que minutos antes había recorrido con la lengua, pero recuperó la compostura y volvió a mirarlo a los ojos.

—No hay nada que pensar.

—Sí lo hay, desde el momento en que ambos queremos ser parte de la vida de Brandon. Necesita unos padres que lo quieran.

«Necesita unos padres que se quieran entre ellos» pensó Abby en silencio. Su vida en común sería un infierno. Y no estaba dispuesta a que su hijo volviera a pasar por algo así. Por mucho que quisiera a Cade, tanto en el pasado como ahora, tenía que descartar esa idea.

—Apenas soportamos estar juntos en la misma habitación —argumentó Abby.

—Yo no diría lo mismo después de lo que acaba de ocurrir en la piscina.

Abby se enfureció. No podía negarlo, desde luego. Todavía sentía el tacto de sus manos sobre su piel y tenía el sabor de sus labios en la boca. Se le puso la piel de gallina. Abby se cruzó de brazos.

—Eso solo ha sido una cuestión hormonal, nada más.

—Ha sido más que eso —señaló Cade.

—Sería mejor que mantuviéramos una relación de afecto entre nosotros —dijo Abby, que deseaba creer las palabras de Cade.

—Brandon merece algo más —añadió Cade—. Necesita una familia completa. Sé lo que significa crecer sin un padre y no quiero eso para mi hijo.

Cade se acercó, pero Abby no retrocedió. La excitación no paraba de crecer, pero Abby decidió ignorarla.

—No funcionaría, Cade.

—¿Por qué no?

—Bueno, creo que resulta obvio —dijo con la voz más ronca—. Tú...no me quieres.

Abby aguantó la respiración mientras esperaba una respuesta. Atisbó un destello de dolor en la mirada de Cade.

—Puedo ocuparme de los dos. Proporcionaros un hogar y una familia. Sería un compromiso firme. Y nunca tendrías que preocuparte por mí. Jamás te sería infiel.

Por mucho que quisiera a ese hombre y por mucho que deseara un hogar para Brandon, un matrimonio de conveniencia no era la solución. Quería una boda verdadera. Y Cade Randell no la amaba.

—No puedo, Cade. No puedo —dijo Abby con lágrimas en los ojos.

Cade vio a Abby correr y refugiarse en la casa. Aún la deseaba. El rechazo lo hirió en lo más profundo. ¿Cuándo aprendería? No debía involucrarse emocionalmente. Y estaba metido hasta el cuello, una vez más.

Había procurado enterrar sus sentimientos hacia Abby durante años. Cuando ella le había preguntado si la amaba, ni siquiera había podido responder. Estaba claro que la deseaba, pero no quería que ella volviera a romperle el corazón. No iba a resultar fácil de convencer. Después de Garson era comprensible su rechazo a los hombres. Nadie podía culparla por eso. Pero no la dejaría rechazarlo. Esta vez no. Quería una familia.

A la mañana siguiente, cuando sonó la alarma, Abby hubiera deseado esconderse bajo las mantas y quedarse en la cama. Pero no podía. Había mucho trabajo en la cocina y tenía que despedir a muchos de los hombres que habían acudido en su ayuda. Agradeció que Cade mantuviera las distancias durante el desayuno. Y Brandon parecía conformarse con ver los preparativos. Tan solo quedaba un pequeño rebaño por marcar. Los hombres ya habían separado a los becerros y estaban listos para trasladarlos a primera hora de la tarde.

Todo el mundo ocupó su sitio para degustar el desayuno, que consistió en pollo frito, ensalada de patata y galletas caseras hechas por Joy. Cade se quedó junto a los chicos y con Brandon. Después de la comida, las mujeres limpiaron mientras los hombres preparaban las monturas. En menos de una hora estaban en marcha.

Abby los despidió con la mano y agradeció una vez más la ayuda prestada. Esperó hasta que la polvareda se disipó y regresó a la casa. Cade seguía allí. No había forma de evitarlo. Escuchó la risa de su hijo. Entró en la sala de estar y descubrió a Cade luchando con Brandon, tirados por el suelo. Abrió la boca para echarles la bronca, pero comprendió la inutilidad del gesto. Padre e hijo necesitaban desfogarse. Justo antes de salir, Brandon la vio.

—Mamá, ayúdame —imploró Brandon entre risas—. Cade es demasiado fuerte.

—¡Eh! Si hacemos equipos —dijo Cade—, yo me pido a Chance.

—¡No! —gritó Brandon—. Chance también es muy fuerte y mamá solo es una chica.

—Espera un momento, jovencito —dijo Abby aguantando la risa—. No todas las chicas son unas debiluchas.

Abby soltó un grito ahogado al tiempo que Cade la tiraba del tobillo. Antes de que pudiera reaccionar estaba en el suelo y no podía escapar de sus garras.

—¿Decías algo acerca de las mujeres debiluchas? —preguntó Cade con sorna.

—Tú... me has atacado por sorpresa —se justificó mientras notaba el cuerpo de Cade contra el suyo.

—Deberías acostumbrarte —dijo Cade, cada vez más cerca de ella—. Esta vez no te librarás de mí tan fácilmente.

Antes de que pudiera responder, Brandon se subió a la espalda de Cade.

—¿Lo ves, mamá? —dijo—. Te he dicho que es muy fuerte.

El peso de Brandon hizo que Cade presionará todavía más a Abby. Los ojos de Cade ardían. Con un rápido movimiento, se quitó de encima y rodó, asegurándose de que Brandon no se lastimaba al caer.

—Creo que hemos abusado un poco de ti —admitió Cade y tendió la mano a Abby—. ¿Te he hecho daño?

—No, estoy bien. Has tenido mucho cuidado —aceptó Abby, que no podía dejar de mirarlo.

—Yo nunca te haría daño a propósito, Abby —señaló Cade.

—Lo sé —dijo Abby.

—Mamá, tengo hambre.

—Ve a la cocina y pregunta a Carmen si ha sobrado algo de pollo —dijo Abby sin mirar a su hijo.

Escuchó a su hijo salir a trompicones de la habitación, pero siguió inmóvil frente a Cade.

—Me has estado evitando otra vez —dijo Cade.

—He estado ocupada.

—Me has estado evitando —repitió Cade.

—De acuerdo. Te he estado evitando.

—Me gustaría pasar más tiempo contigo, Abby.

—Ya lo hacemos —señaló Abby—. Pasas mucho tiempo aquí, con Brandon.

—Quiero pasar más tiempo contigo. A solas.

—No es una buena idea, Cade.

—Déjame demostrarte que te equivocas. Ven a montar mañana conmigo.

—¿Te has vuelto loco? —rio Abby—. Has pasado dos días montado a caballo.

—Después del baño me encuentro mucho

mejor —dijo y tomó sus manos entre las suyas—. Vamos, ven conmigo. Hay algo que quiero enseñarte.

—De acuerdo —acordó Abby, incapaz de razonar cuando Cade la tocaba.

Él sonrió, se inclinó y la besó con cariño.

—Tengo que ir a casa. Volveré mañana a primera hora. No olvides nuestra cita.

Abby permaneció quieta mientras Cade salía. Temía no estar preparada para lo que se avecinaba, fuera lo que fuera.

Abby se situó junto al caballo de Cade y juntos contemplaron el paisaje. Era una vista magnífica. La hierba verde cubría la tierra y las colinas enmarcaban el valle. Los arbustos crecían junto al arroyo y un bosque proporcionaba sombra e intimidad. Todo contribuía a crear un ambiente idílico.

Abby sintió cómo se le encogía el pecho al recordar la última vez que había estado en ese lugar. Había sido en compañía de Cade y habían concebido a Brandon. La excitación corría por sus venas. Apenas podía soportar estar en aquel lugar. Siempre había guardado el recuerdo de aquella tarde con cariño. Eso la había ayudado a sobrellevar muchos malos momentos.

—Es un paraje precioso —admitió Cade—. Debo confesar que es una de las pocas cosas que he echado de menos en estos años.

—Sí, es una maravilla.

Cade podía ver que Abby y él compartían el mismo recuerdo. Abby y él habían descubierto ese valle siendo adolescentes. Habían mantenido en secreto su relación por muchas razones. El motivo principal había sido el padre de Abby. Cade sospechaba que Tom Moreau había enviado a Abby a estudiar fuera para alejarla de él. Pero cuando volvía, siempre acudía al valle y a él. Ese había sido su refugio. Borró el recuerdo de su cabeza.

—Vamos —dijo y comenzó a descender la ladera de la colina.

Llegados al arroyo, desmontó y ayudó a Abby a bajar del caballo. La sujetó por la cintura y la levantó por encima de la silla. Una vez en el suelo, luchó por soltarla para evitar un episodio como el de la piscina. Claro que Abby no ponía mucho de su parte. Estaba muy atractiva con los vaqueros ajustados y una camisa color melocotón. La melena corta y rizada caía sobre el óvalo de su cara. Los labios carnosos estaban levemente humedecidos. Al ver el rumbo que tomaban sus pensamientos tiró del caballo hacia el arroyo.

—¿Crees que sería una buena idea transformar todo esto para que los turistas se paseen por aquí? —preguntó Abby.

—No pienso construir cabañas junto al

arroyo —matizó y señaló hacia la colina—. Había pensado empezar con media docena en tu lado y otras tantas en los terrenos de Circle B. Estarían suficientemente aisladas como para proporcionar intimidad. Y todas las construcciones estarían ocultas en el paisaje. Suficientemente alejadas para no molestar a los potros, pero a tiro para que los turistas disfruten de la naturaleza.

—¿Cuándo empezarías?

—Enseguida. Estaríamos listos para la primavera.

—Pero, ¿cómo llegaría la gente hasta aquí? —preguntó interesada.

—Por un desvío desde la autopista.

—¿De veras crees que podemos hacer que esto funcione? —lo miró con sus verdes ojos brillantes.

Cade agradeció en silencio que Abby hablara en plural.

—De lo contrario, no invertiría.

Cade fue hasta su caballo, desató el mantel y una cesta de mimbre que llevaba sujeta y caminó hasta la sombra frondosa de un árbol. Abby lo siguió.

—Pero, ¿y si no funciona? —preguntó Abby con temor.

Cade extendió el mantel sobre la hierba y se quitó el sombrero.

—No me metas el miedo en el cuerpo

—protestó mientras llenaba dos vasos de plástico en el arroyo. Ofreció uno a Abby—. Somos socios.

Abby se sentó en una de las esquinas del mantel y aceptó la bebida.

—Estás pagando por el desvío y por las cabañas. ¿Qué ocurriría si...?

Cade se sentó a su lado y puso un dedo en los labios de Abby.

—Te preocupas demasiado. Voy a tener que convencerte que, cuando quieres algo, hay que tomar ciertos riesgos —bajó el tono de su voz—. Yo me arriesgo y me fío de la intuición. Ahora, por ejemplo, me dice que necesitas un beso.

Cuando Cade la atrajo hacia sí y la besó no estaba pensando en pérdidas y beneficios. Solo pensaba en cuánto disfrutaba al tenerla entre sus brazos. Cade la empujó sobre el mantel y Abby no se resistió. Apenas emitió una leve protesta cuando Cade separó sus labios con la lengua. La besó con tanta fuerza que casi pierde el sentido. Al separarse, apenas podían respirar.

—Estoy loco por ti.

—No deberíamos hacer esto —dijo Abby—. Quiero decir, mezclar negocios y placer.

Cade gruñó al escuchar esas palabras.

—¿No te gusta mi forma de actuar? —preguntó mientras acariciaba su cuerpo—. ¿Hay algo malo en mis besos?

Cade mordisqueaba en los labios a Abby una y otra vez hasta que, finalmente, volvía a cubrirla con la boca. Abby lo empujó con firmeza.

—Cade, por favor, tenemos que parar.

La soltó y Abby se volvió a sentar. Cade respiró hondo antes de hablar.

—Lo siento. He dejado que esto se me fuera de las manos.

Cade vio cómo Abby se arreglaba el pelo y supo que si ella lo miraba no podría controlarse.

—Abby.

Cuando ella lo miró, en sus ojos todavía brillaba el rescoldo del deseo. Cade intentó sonreír, pero no pudo. Decidió retomar los negocios.

—¿Tienes alguna idea para el proyecto?

—La verdad es que no me he parado a pensar en ello.

Cade abrió la cesta y sacó los bocadillos que Ella había preparado. Le dio uno a Abby.

—Seguro que sí. He visto el brillo en tu mirada cuando he sacado el tema.

—Quizás haya sopesado el asunto un poco —Abby desenvolvió el bocadillo—. ¿Y si montáramos una especie de cafetería? La gente necesitará comprar víveres y un sitio en el que reunirse. Y siempre se compran *souvenirs*. Había pensado en un poco de artesanía local o perlas del río Concho.

—Vaya, sí que has pensado en ello —admitió Cade.

—No lo creas. Es una idea que me ronda la cabeza desde el divorcio. Pero no pude llevarla a cabo por que mi padre enfermó.

Abby siempre se había sacrificado por los demás. Quizás ahora él podría ayudarla.

—Bueno, eso requeriría una nueva estructuración. Tendríamos que pensar en hacer un hueco para «Los Tesoros de Abby».

Abby no pudo esconder la sorpresa, pero Cade levantó la mano.

—Tendríamos que ubicar la tienda junto a la autopista para que los residentes también pudieran ir. Y si consigues hacerte con la exclusiva de algunos productos, podrías hacerte un nombre y ganar una buena suma.

—No había llegado tan lejos —admitió Abby—. Es tan solo algo que siempre he querido hacer. Siempre me ha gustado coleccionar figuritas. Mi madre me regaló algunas que todavía conservo.

Cade pensó si Garson también se había cebado con los recuerdos de Abby. Pero no pensaba preguntárselo. Era un día demasiado bonito para siquiera mentar a Joel.

—Travis llamó finalmente y dio el visto bueno a la operación. Chance también está listo, así que mañana me pondré en contacto con el arquitecto. ¿Qué te parece?

—Estoy un poco asustada —suspiró Abby—. Tanto dinero. Me alegro de que consiguieras devolver el crédito del banco.

—No dejaré que Joel vuelva a amenazarte nunca más —dijo Cade, que nunca confesaría que él había comprado el terreno junto al lago.

—¿Te he agradecido todo lo que estás haciendo por mí?

Cade miró a Abby un buen rato. Parecía feliz y quería que siguiera así mucho tiempo.

—Me alegra que ya no trates de evitarme.

—Me resultaría imposible desde que pasas tanto tiempo con Brandon. Y además, has dejado de preguntar insensateces.

Abby jugaba con la corteza del bocadillo.

—No me doy por vencido fácilmente, Abby. Así que disfruta de la tregua. Mi proposición sigue en pie.

—Ya te he dicho que esa idea es una locura —dijo Abby con los ojos llameando.

—No para nuestro hijo —replicó Cade—. He decidido casarme contigo, Abby. Y esta vez no voy a marcharme.

* * *

Esa misma noche, las palabras de Cade seguían resonando en la cabeza de Abby. Estaba acostada, pero no podía dormir. Bajó a la cocina y se preparó una infusión. Pero no podía quitarse a Cade de la cabeza. Deseaba con tanta fuerza poder confiar en él. Pero, ¿cómo podía casarse con un hombre que no la quería? Acabarían viviendo como dos extraños bajo el mismo techo. Ella no podía tolerar eso. Y menos estando enamorada de Cade.

Pero cada contacto con él, cada beso la debilitaba. Su increíble sonrisa la impedía pensar. No se sentía capaz de hacer frente a la situación. Y suspiraba por darle un padre a su hijo, una familia. Se preguntaba si aquello podría funcionar. ¿Podría Cade volver a sentir algo por ella alguna vez?

—Mamá... ¡mamá! —gritó Brandon.

Abby saltó de la cama, agarró la bata y corrió escaleras abajo hacia la habitación de su hijo. Lo encontró doblado, agarrándose el estómago. Abby lo llevó en brazos hasta el cuarto de baño. Llegó justo a tiempo antes de vomitar.

Abby lo limpió y secó el sudor de su hijo. Entonces Brandon se hundió en su brazos y empezó a llorar.

—Me duele mucho la tripa.

—Cielo, has debido comer algo que te ha sentado mal.

Brandon se quejó, sufrió una nueva arcada y Abby lo soltó para que lo echara todo.

—Me duele —gimió Brandon.

—Lo sé, cariño.

Abby le puso la mano en la frente y la notó ardiendo. Comprendió que tenía fiebre. Empezó a preocuparse. Puede que fuera algo más que una simple indigestión.

—Brandon, ¿dónde te duele?

—Por todas partes. La garganta y la tripa.

Abby sacó una toalla, tumbó a Brandon en el suelo del baño y lo cubrió.

—Voy a llamar al médico.

—Por favor, llama a Cade.

Abby pareció sorprendida por la petición de Brandon, pero se mantuvo firme.

—Primero avisaré al médico y luego llamaré a Cade.

Puede que no fuera mala idea. Era su padre y tenía que estar a las duras y a las maduras. Voló hasta su habitación y llamó al pediatra de Brandon. Luego llamó a Circle B. y habló con Hank, que le aseguró que le daría a Cade el recado.

* * *

Quince minutos más tarde, el coche de Cade entraba en el camino de grava que conducía al rancho Moreau. Frenó frente a la puerta y saltó fuera. Estaba poniéndose la camisa mientras subía al porche cuando Abby, en bata, abrió la puerta. Cade vio el gesto preocupado de Abby.

—He venido lo antes posible —dijo—. ¿Cómo está Brandon?

—Está arriba. Tengo miedo, Cade. Se queja mucho. El médico ha dicho que hay que llevarlo a urgencias.

—Entonces será mejor que le hagamos caso.

Abby se mordió el labio y asintió.

Cade subió las escaleras de dos en dos y entró en el cuarto de baño. Su hijo estaba tumbado sobre la alfombra, junto al lavabo. Parecía tan frágil e indefenso. Cade ocultó el miedo y forzó una sonrisa.

—Hola, compañero —saludó—. He oído que te ha sentado mal algo de lo que has comido.

Brandon levantó la cabeza e inmediatamente le sobrevino una nueva arcada. Cade lo levantó en brazos hasta que la náusea pasó.

—Ya no soy un niño, Cade…pero duele mucho.

Cade tocó la cara enrojecida de su hijo y sintió una tremenda impotencia.

—Eres mucho más valiente que yo. Creo que deberíamos ir a ver al médico.

—Vale —dijo el chico con los ojos cerrados—. Puedes llevarme tú.

—Ni lo dudes —dijo Cade mirando a Abby, que estaba en el quicio de la puerta.

—Voy a vestirme —dijo Abby.

Cinco minutos más tarde iban camino del hospital. Afortunadamente, la sala de urgencias no estaba muy llena, y en menos de treinta minutos habían atendido a Brandon. Durante la espera, Cade no se separó de su hijo.

Después de los análisis, el médico de guardia anunció que había sufrido una intoxicación. Recetó unos medicamentos y los mandó de vuelta a casa. Tanto Abby como Cade respiraron aliviados. Abby pagó con su seguro y regresó junto a Brandon. Cade llevó al chico en brazos hasta la camioneta.

Pararon un momento en la farmacia y siguieron camino de casa. Le administraron una dosis de la medicina y Cade lo acostó. Cinco minutos más tarde, el niño dormía.

Cade no estaba seguro, pero acabó por aceptar que su hijo estaba a salvo. Lo mejor era dejarlo dormir. Besó a Brandon en la frente y bajó las escaleras. Abby lo siguió hasta la entrada.

—Lamento haberte asustado —dijo Abby con lágrimas en los ojos.

—Shh —susurró Cade y la abrazó—. Nunca dudes en llamarme. Dios, quiero a ese chico. No puedo seguir así. Necesito formar parte de su vida. Quiero que sepa que soy su padre.

—Por favor, Cade —imploró Abby—. Prometiste esperar.

—No por mucho tiempo —dijo Cade—. Creo que he sido justo y quiero que Brandon sepa que soy su padre.

—Ya lo sé, pero no estoy segura de cómo reaccionará. Solo es un niño.

Cade sabía que ella tenía razón. Debía pensar en Brandon.

—De acuerdo, esperaré —asintió—. Pero esta noche dormiré en el sofá por si se despierta y me necesita.

—No hace falta que te quedes, Cade —dijo Abby—. Estaré en la habitación de al lado. Además, ¿qué pensará la gente?

Cade se detuvo frente al sofá y se giró bruscamente hacia ella.

—¿Y quién demonios iba a enterarse? ¿Charlie, Carmen? —Cade se mesó los cabellos—. Esto no ocurriría si estuviéramos casados.

—¡Vaya! —Abby se irguió como un gato—.

¿Cómo podría una chica rechazar una oferta tan tentadora? Buenas noches, Cade.

Abby dio media vuelta y salió de la sala de estar. Cade sabía que la deseaba y que ella también se sentía atraída por él. ¿Acaso el deseo no era suficiente?

Capítulo Ocho

Cade se removió tratando de ponerse cómodo en el estrecho sofá, pero era imposible en vaqueros. Dándose por vencido, abrió los ojos y descubrió otro par de grandes ojos marrones fijos en él, separados por una nariz menuda llena de pecas y una boca sonriente en la que faltaba un diente. Era Brandon.

—Chico, estás despierto —dijo Brandon—. Mamá dice que no haga ruido porque tienes que dormir.

Cade se incorporó sobre un codo y notó que el niño había recuperado el color. ¿Qué hora sería? Brandon miró el reloj encima de la chimenea.

—Son las ocho y diez. Has dormido mucho tiempo.

—Deberías haberme despertado.

Cade se incorporó y se sentó en el sofá. Se restregó los ojos, miró a su hijo y luego echó un vistazo a la habitación vacía.

—¿Lo has visto?

—¿A quién? —preguntó Brandon.

—El chico que estaba tan enfermo anoche. ¿Sabes dónde ha ido?

Brandon se puso en pie de un salto con

una gran sonrisa.

—¡Soy yo! —dijo exultante—. Ya estoy mucho mejor.

—No puedes ser tú —se asombró Cade—. El chico que vi anoche estaba echando las tripas por la boca.

—¡Qué asco! —dijo y arrugó la nariz.

—Entonces, ¿te sientes mejor esta mañana?

—Sí. Mamá dice que ha sido un milagro.

Cade no podía recibir una noticia mejor que la pronta recuperación de su hijo.

—¿Quieres desayunar? —le preguntó—. Yo ya he tomado unas tostadas. Mamá hace las mejores tortitas del mundo. Yo no puedo tomarlas, pero tú sí.

—No quiero hacer trabajar a tu madre más de la cuenta —dijo Cade, que estaba hambriento.

—No es necesario. Estaba preparándolas hace un momento —Brandon tiró del brazo de Cade hasta levantarlo—. Vamos, solo puedes comer en la sala si estás enfermo.

—Eso nos deja fuera.

Cade siguió a Brandon hasta la cocina, pero no estaba preparado para lo que vio. Abby, por la mañana, presentaba un aspecto radiante con su blusa color miel y su falda larga. Llevaba el pelo recogido con horquillas. Sus ojos verdes resplandecían. De pronto, su cuerpo maltrecho se despertó.

—Buenos días —dijo Abby y le ofreció una taza de café—. ¿Qué más puedo hacer por ti?

Cade bebió un sorbo largo y casi se atragantó. Dudaba que ella pudiera ofrecerle lo que necesitaba.

—Cualquier cosa servirá.

Abby había procurado no fijarse en el aspecto de Cade, pero para un hombre que apenas había dormido tenía muy buena facha. Llevaba barba de dos días, estaba despeinado y tenía los ojos algo hinchados. Tenía la camisa abierta, que dejaba al descubierto el pecho viril. Pensamientos turbios cruzaron su mente. Recordaba el esfuerzo que había tenido que hacer durante la noche para no bajar al sofá.

—Mamá, Cade quiere tortitas.

—Oh, bien —dijo, sobresaltada por la interrupción de su hijo.

—No tienes que prepararme el desayuno —insistió Cade.

—Es lo menos que puedo hacer —dijo Abby.

Encendió la plancha y buscó la mezcla lista para rebozar.

—Sí, Cade —dijo Brandon—. Viniste a casa porque yo estaba enfermo. Y queremos agradecértelo. Así que tienes que comer.

—Sí, tienes que comer —repitió Abby—. Y puede que permita que cierto caballero coma una de mis tortitas si antes se lava las manos.

—De acuerdo —comprendió Brandon y salió raudo de la cocina.

Mala idea. Ahora estaba a solas con Cade. Antes de que pudiera retener a su hijo, este ya había desaparecido. Así que volvió a sus fogones. Cade fue hasta ella.

—Estás preciosa esta mañana.

Se acercó cada vez más, y su aliento provocó un escalofrío a Abby.

—Es la ventaja del maquillaje. Oculta los hematomas.

—Aun así estarías preciosa —dijo y la besó en el cuello.

—No deberías hacer eso —jadeó Abby.

—No puedo evitarlo. Eres una tentación demasiado grande.

«Tú también», pensó Abby.

—Brandon puede volver….

Cade la sujetó por los hombros y se encaró con ella.

—¿Y qué? Me vería besar a su madre. ¿Quieres que te bese, Abby? ¿Me deseabas tanto anoche como yo te deseaba a ti?

—Oh, Cade.

—¡Mamá! —Brandon entró corriendo y se quedó parado, mirando alternativamente a ambos—. ¿Os estáis besando igual que Chance y Joy?

Abby enrojeció al instante y apartó a Cade de su lado.

—No, vamos a sentarnos a la mesa a desayunar. Luego, te quedarás en casa y no saldrás al campo.

—¡Mamá! —protestó el chico—. ¿No puedo ir a montar a caballo?

—No, mientras no estés del todo curado.

—Pero en la casa me aburro.

—Oye, Brandon —dijo Cade mientras volvía a su sitio—. ¿Y si pasamos el día juntos? Tengo que volver a Circle B. para ducharme y cambiarme, pero podrías acompañarme si a tu madre le parece bien.

—¿Puedo, mamá? —preguntó Brandon.

Sintió un pinchazo provocado por la envidia mientras se afanaba con las tortitas. Quería que padre e hijo cultivaran una buena relación, pero le resultaba muy duro.

—Veamos cómo te sientes después de la tortita.

—Eres la mejor mamá del mundo —dijo Brandon con una amplia sonrisa.

¿Lo era? ¿Esconder a su hijo de su verdadero padre había sido lo correcto? ¿Acaso Brandon la perdonaría alguna vez? Todo un cúmulo de sensaciones se agolpaba en su interior.

—Dices eso cada vez que te sales con la tuya.

Abby puso en un plato las tortitas y oyó la risa de su hijo. Sirvió un plato a cada uno y escuchó a Cade decir gracias. No tenía elección. No estaba compartiendo a su hijo con Cade según un acuerdo legal.

La casa estuvo en silencio toda la mañana. Demasiado silencio. Abby ocupó su tiempo ayudando a Carmen a hacer las camas y a lavar las sábanas. Al mediodía estaba en el despacho quitando el polvo a los muebles. Miró los papeles de su padre apilados y decidió no hurgar en el trabajo de Cade. Y eso que él nunca le había negado ninguna información. Le había enseñado el cheque que habían cobrado por su semental y el recibo por la venta del ganado. Abby había procurado mantenerse al margen, pero no había forma de esquivar la presencia de Cade.

Cade había venido al rancho cada día desde que había aceptado ocuparse de los problemas económicos del rancho. Había pasado la mayor parte del tiempo con su hijo, pero con Cade Randell rondando la casa día y noche, ¿cuánto tiempo podría ocultar sus sentimientos? Abby cerró los ojos y recordó sus momentos de debilidad, junto a la piscina y en el valle. Habían estado cerca. Se estremeció al recordar sus caricias. Los besos de Cade casi la volvían loca. Todo su cuerpo ardía como un volcán a punto de estallar.

Estaba enamorada de ese hombre. Abby no estaba segura de que hubiera dejado de quererlo alguna vez. Cade había pedido su mano en dos ocasiones, insistiendo en que quería una familia. Pero, ¿y si con el tiempo encontraba a otra mujer y se enamoraba de ella? ¿Los abandonaría a ella y a Brandon? Abby empezó a llorar. No soportaría perderlo una segunda vez.

El sonido de la puerta principal la trajo de nuevo a la realidad. Reconoció la voz de Brandon, al tiempo que él y Cade entraban en el despacho.

—Hola, mamá —dijo Brandon—. Lo he pasado estupendamente. He visto a Princess Star y me ha reconocido. Mamá, ¿estás llorando?

Abby negó con la cabeza, incapaz de mirar a Cade.

—No, algo se me ha metido en el ojo —acarició la mejilla sonrosada de su hijo—. Creí que ibas a tomártelo con calma.

—Lo he hecho. He estado jugando a las cartas con Hank.

Abby miró a Cade de reojo.

—Tranquila —dijo Cade—, dudo que unas manos de cartas conviertan a Brandon en un jugador profesional.

—¿Has comido? —preguntó Abby a su hijo.

—Ella nos ha preparado una sopa —dijo Brandon en un bostezo.

—Creo que la noche pasada ha sido demasiado. Es hora de una siesta.

—Mamá, ya no soy un crío.

—Ya lo sé, pero ayer estabas muy enfermo.

—Arriba, colega —dijo Cade y levantó al chico en brazos.

Brandon no protestó y apoyó la cabeza en el hombro de Cade.

—Te llevaré arriba. No quiero tener que ir al hospital otra vez.

—Vale —respondió Brandon.

Cade guiñó un ojo a Abby y subió a la habitación. Abby presenció la escena transida por el dolor. Brandon se había encariñado con Cade casi desde el principio. Su hijo necesitaba un padre. Y eso era algo que ella podía darle.

Cade regresó unos minutos más tarde.

—Se ha quedado frito antes de que pudiera quitarle los zapatos —Cade se apoyó sobre la mesa—. Quería quedarme y mirarlo dormir. Es increíble. Siente curiosidad por todo. No pretendía agotarlo, pero tenía tantas ganas de verlo todo.

Abby se fijó en Cade. Se había afeitado y puesto ropa limpia. Ahora vestía vaqueros negros y un polo rojo burdeos.

—Nunca ha resultado fácil negarle algo. Es tan dulce. Siempre lo ha sido. Incluso cuando era un bebé.

—¿Podría ver alguna foto? —preguntó Cade.

—Desde luego. Te dejaré los álbumes. Puedes llevártelos y hojearlos el tiempo que quieras.

Cade notó que la rabia que había sentido hacia Abby se había evaporado en los últimos días. Unas fotografías no cambiarían nada, pero aferrarse al odio del pasado tampoco. Al menos, ahora podía estar junto a su hijo. Y cuanto más tiempo pasaba con Brandon, más afortunado se sentía. Solo quería llevar una vida en común con el chico...y con Abby. Pero sabía que eso llevaría algún tiempo.

—¿Te apetece dar un paseo? —preguntó—. Hace un día precioso para quedarse en casa.

—Claro —respondió algo sorprendida.

Cade la tomó de la mano y fueron a la cocina para avisar a Carmen de que Brandon estaba durmiendo la siesta. Abby buscó un sombrero de paja y salieron al exterior. Hacía una tarde magnífica. Hacía calor, pero no más que un día cualquiera en Texas. Caminaron en silencio hacia el cobertizo.

—¿Echa de menos Brandon a Midnight Dancer? —preguntó Cade.

—No ha dicho una sola palabra al respecto —confesó Abby—. Ha estado muy ocupado últimamente con la subasta y todo lo demás.

—Me hubiera gustado llevarlo al rancho de Chance esta tarde, pero tenía miedo de excederme.

—Puedo asegurarte de que lo ha pasado estupendamente. Ejerces una gran influencia sobre Brandon.

—Seguro que tu padre no opinaría lo mismo —rio Cade.

Entraron en el cobertizo echándose miradas furtivas. La oscuridad repentina hizo que Abby parpadease un momento, hasta acostumbrarse a la penumbra.

—Mi padre nunca llegó a conocerte.

Lo último que quería Cade era enzarzarse en una discusión sobre Tom Moreau. Decidió cambiar de tema.

—Ya he hablado con un arquitecto y he concertado una cita mañana. ¿Te viene bien?

—Claro. Gracias por contar conmigo.

—No puedo dejarte fuera. Ni del negocio ni de mi relación con Brandon. Ya te dije que quería que fuéramos socios. Y sobre todo, quiero que seamos una familia. Y quiero estar contigo.

Abby lo miró con ternura.

—Yo también lo deseo —susurró.

—¿En serio? —dijo Cade, henchido de felicidad.

—Estoy asustada —admitió Abby—, pero quiero que compartamos la vida de Brandon.

—¿Quieres decir que te casarás conmigo?

—Aún no lo sé —interrumpió Abby—. Mi matrimonio con Joel fue un desastre, pero no puedo culparlo por todo. No quiero precipitarme.

Sus ojos verdes buscaron los de él.

—Tal vez podríamos salir una noche...

—Eso me gusta —dijo con el pulso acelerado—. Adoro a Brandon, pero a veces también me gustaría estar a solas contigo.

—Bienvenido a la paternidad —sonrió Abby.

Cade avanzó hacia ella y la besó en la boca.

—Después de ver al arquitecto le he prometido a Brandon que iríamos a montar un rato. Estaremos de vuelta pronto. ¿Qué te parece si después salimos a cenar?

—¿Tú y yo? Me gusta la idea.

Cade no pudo evitar besarla otra vez. Esta vez la rodeó con los brazos y la apretó contra su cuerpo. Después la soltó.

—Será mejor que lo dejemos antes de pasar a mayores —dijo Cade.

—Eso nos ocurre muy a menudo —recordó Abby algo ofuscada.

Cade le acarició la mejilla y atrajo su mirada.

—No hay nada de lo que avergonzarse, Abby.

—A veces me asusta lo que siento.

—Yo jamás te haría daño.

—Lo sé —asintió Abby—. Recuerdo lo cariñoso y atento que eras.

A pesar de los años transcurridos, él tampoco había podido olvidar. La abrazó.

—Yo también me acuerdo.

Cade se vistió con un traje negro, camisa blanca, corbata de cachemira y el calzado típico de Texas. Botas.

Era la viva imagen del éxito a los ojos de Abby. El arquitecto sacó los planos y explicó la distribución para el complejo turístico. Querían un diseño único para las cabañas, que no desentonara con el paisaje y que resultara igualmente atractivo para senderistas como para recién casados. Una vez convencidos de que James Nyce era su hombre, el siguiente paso era contratar a un ingeniero de caminos.

En lugar de volver a casa, Cade condujo hasta el rancho de su hermano. Quería contarles lo que estaba pasando. En el momento en que aparcaron la furgoneta, Joy apareció y corrió a su encuentro.

—¡Menuda sorpresa! —saludó Joy—. ¿Dónde está Brandon?

—Está en casa con Carmen —dijo Cade, que se había quitado la corbata—. Queríamos contaros lo de la reunión. ¿Está Chance?

—Está en el granero. Entremos en casa, yo iré a avisarlo.

Atravesaron el jardín, donde jugaban los perros de la familia. Joy logró deshacerse del acoso de los dos labradores y acompañó a Abby y Cade dentro.

—Perdonad el desorden —se excusó Joy—, pero todavía seguimos de obras. Todo lo que he encargado viene con retraso.

Abby echó un vistazo a la cocina. Los armarios eran nuevos, pero los tiradores de los cajones eran de madera contrachapada.

—Quedará precioso cuando esté terminado —dijo Abby.

—Eso espero —suspiró Joy—. Sentaos, por favor.

Los acompañó hasta la mesa del comedor, descolgó el teléfono, marcó un número y esperó.

—Cariño, tu hermano y Abby están aquí.

De acuerdo —Joy colgó—. Tardará un minuto. ¿Puedo ofreceros una taza de café?

—Desde luego —dijo Cade.

Joy sacó cuatro tazones del aparador.

—Y os quedáis a comer, desde luego. Es como si siempre hubierais estado juntos. Me dijeron que tuvisteis que llevar a Brandon a urgencias.

—Sufrió una intoxicación.

—Cuando se ponen malos, resulta aterrador —dijo Joy con el ceño fruncido.

Abby conocía esa sensación, pero se había sorprendido al detectar esa misma expresión en el rostro de Cade la noche en cuestión.

—Todo esto de la paternidad es nuevo para mí —admitió Cade—. Ojalá pudiera ir a clase alguna vez.

Chance entró por la puerta de atrás. Vestía el traje de faena. Sonrió y Abby reconoció el parecido con Cade.

—¿Así que has venido a pedirme consejo sobre cómo ser un buen padre?

—Muy gracioso —dijo Cade—. Pero no tienes tanta experiencia. Apenas unos meses.

—Más que tú —apuntó Chance y besó a Joy.

—Todo el mundo tiene más experiencia que yo —bromeó Cade—, pero aprendo deprisa.

Chance se sirvió un café y tomó asiento.

—Ese es el secreto, hermano. Tienes que ir por delante de ellos o estás acabado.

Todos rieron.

—¿Por qué no seguimos la charla durante la comida? —sugirió Joy.

Abby y Joy prepararon la comida mientras Cade y Chance repasaban el proyecto. Las chicas también daban su opinión cuando se las requería. Mientras seguía la discusión, Abby escuchó a Katie despertarse de la siesta. Se ofreció para ir con ella. Después de que Joy diera de mamar a la pequeña, Abby volvió a tenerla en sus brazos. Cade miraba maravillado lo bien que se llevaban Abby y el bebé. Estaba asombrado ante la facilidad que mostraba Abby para ganarse el afecto de la pequeña. Era la verdadera estampa de la maternidad.

—Echo de menos esta época —dijo Abby—. Son tan monos. Sonríen y hacen gorgoritos continuamente. Lo miran todo llenos de curiosidad.

—Yo estoy esperando el día en que se diviertan solos —dijo Joy—. Soy incapaz de hacer nada cuando está despierta.

Joy tomó en brazos a su hija y la dejó en el regazo de Cade.

—Creo que la pequeña Katie y su tío Cade necesitan pasar más tiempo juntos —señaló.

—Eh, un momento. ¿Cómo demonios sujeto esto?

—Imagínatelo, tío —añadió Joy—. Vamos, Abby. Quiero enseñarte mi nuevo dormitorio.

Justo antes de desaparecer, Joy se giró y se dirigió a los chicos.

—¿Creéis que podréis haceros con el mando de la situación?

—Sin problemas —voceó Chance y las despidió con la mano.

Cade miró a la pequeña, que no le quitaba ojo. Pensó que iba a llorar cuando enrojeció, pero lo único que cambió fue el olor. Y lo hizo a peor.

—Chance, creo que tenemos una emergencia.

Su hermano se inclinó sobre su hija, arrugó la nariz y soltó una carcajada.

—Creo que la princesa ha intimado contigo. Vamos, Cade, te enseñaré lo que te has perdido con Brandon.

Cade no estaba seguro de querer experimentar esa clase de cosas. Pero no tenía elección. Dudaba que su hermano le permitiera quedarse tan solo a mirar.

Joy acompañó a Abby hasta el dormitorio. La lujosa moqueta era de un blanco crudo y hacía resaltar la enorme cama de caoba.

Un edredón borgoña cubría el colchón y las almohadas color crema se apoyaban en el cabecero. Las ventanas tenían persianas de madera y había una lámpara de Tiffany en cada mesilla de noche.

—Es precioso.

Joy abrió la puerta de doble hoja que llevaba al cuarto de Katie.

—Cuando Katie crezca, Chance quiere convertir esto en un cuarto de baño.

—Eso será maravilloso.

Abby no envidiaba tanto la casa como la relación que mantenían Joy y Chance. Era diáfano el amor que se profesaban el uno al otro. Era algo que saltaba a la vista.

—Chance ha sido maravilloso conmigo —dijo Joy, que invitó a que Abby se sentara a su lado en la cama—. Ya sabes que nuestro matrimonio no fue muy convencional. Pero cuando descubrimos nuestros verdaderos sentimientos, renovamos los votos y decidimos que esta casa sería nuestro hogar. Fue idea de Chance empezar por nuestro dormitorio. Dijo que sería un nuevo comienzo para nosotros.

Joy clavó sus inmensos ojos azules en los de Abby.

—No tienes porque responder si no quieres, pero ¿qué está pasando entre Cade y tú?

—Bueno —parpadeó Abby ante una pregunta tan directa—, estamos trabajando en el proyecto para salvar el rancho de Brandon.

—No me refería a eso. Conozco a los hombres y sé lo que piensan. Y te aseguro que cuando Cade te mira no está pensando en Brandon.

—Cade y yo hemos asumido que... todavía sentimos algo el uno por el otro. Pero hay otros asuntos pendientes. Todavía no le he dicho a Brandon que Cade es su padre —Abby respiró hondo—. No sé si Cade llegará a perdonarme alguna vez.

—Sé lo cabezotas que pueden llegar a ser los Randell. Chance me lo ha demostrado.

—Ese no es el problema. Cade quiere casarse conmigo. Quiere que formemos una familia para Brandon.

—¿Y eso es malo? —preguntó Joy con incredulidad.

—Lo es si el hombre al que amas nunca podrá devolverte ese amor.

—Entonces luchad para que eso no ocurra. Muchos matrimonios han empezado con menos. Chance y yo, por ejemplo. Al principio ni siquiera le gustaba. Había planeado comprar este rancho cuando yo aparecí reclamando que era la única heredera. Entonces decidió que me convencería para que se lo vendiera. Y si se empeñan en algo, lo persiguen —Joy sonrió—. Y me alegro de que lo hiciera. Es un marido y un padre maravilloso. Adora a Katie como si fuera de él. Y en lo que a mí respecta, Chance es su padre. En serio, Abby. Cuando se trata de amor, a veces tienes que convencer a tu pareja de que eres la única.

Abby deseaba compartir el entusiasmo que mostraba Joy.

—¿Y si te equivocas respecto a Cade?

—Créeme, Abby —afirmó Joy—. Cade Randell te quiere. Pero no está preparado para admitirlo.

Fuera verdad o mentira, Abby dudaba de que algún día Cade estuviera dispuesto a admitir su amor, y mucho menos a confesárselo.

Capítulo Nueve

Cade se estaba calzando las botas cuando alguien llamó a la puerta de su habitación. Reconoció la voz de Ella.

—¿Estás presentable? —preguntó.

—Hay ciertas personas en los alrededores que jurarían que nunca lo estuve —rio Cade.

El ama de llaves asomó la cabeza y luego entró con una camisa blanca recién planchada.

—No sabían lo encantador que eras tras toda esa rabia —dijo Ella.

—Eres única, Ella. Gracias —Cade la besó en la mejilla.

Desde que podía recordar, Ella siempre había vestido pantalones vaqueros y una práctica camisa de algodón. En invierno, cambiaba a una camisa escocesa de franela. A lo largo de los años, el pelo negro se había vuelto gris, pero seguía vistiendo igual.

—¿Cómo pudiste criar a tres matones? —preguntó Cade utilizando una de las muchas expresiones con que los habían bautizado la comunidad.

—No erais tan duros —negó con la

mano—. Una vez que Hank y yo arreglamos los desperfectos que habíais causado, fue sencillo. Solo necesitabais un poco de cariño. Y recibí mucho a cambio, así que no creas que educaros fue una faena. Había muchas compensaciones. Ahora que eres padre seguro que sabes a qué me refiero.

Ella meneó la cabeza y sonrió con asombro.

—Tú y Chance sois padres. Quién lo iba a decir. ¿Y cuándo piensas traer a ese chico por aquí para que podamos malcriarlo?

—Pronto, espero. Pero tendrás que ponerte a la cola detrás de mí.

Cade terminó de abrocharse la camisa.

—Seguro que Abby tiene mucho que decir al respecto.

Cade no dudaba de que Abby fuera una buena madre. Solo quería una oportunidad para demostrar que él también podía ser un buen padre.

—Tienes razón —suspiró Cade—. Lo único que quiero es decirle a Brandon que soy su padre, pero Abby prefiere esperar un poco más.

Ella torció el gesto.

—No resulta sencillo decir algo así a un niño de siete años. Brandon no ha tenido suerte hasta ahora. Después de haber perdido a su abuelo, quizás un poco más de tiempo le vendría bien.

—La espera me está matando —reconoció Cade.

—Lo sabrá, Cade. Recuerda que llevas aquí muy poco tiempo. Hazle saber que vas a quedarte a su lado, que lo quieres. Eso es lo único que necesita por el momento.

Cade no tuvo más remedio que aceptar lo que Ella decía. Recordaba cómo había sufrido, junto a sus hermanos, las burlas constantes de sus compañeros de clase después de que su padre fuera arrestado por robar ganado. Todas las peleas en las que se había metido. Se había acostumbrado a usar los puños para borrar el dolor, la soledad, la vergüenza.

Cade recordó la fiesta de cumpleaños de Hank. Entonces, Brandon se había comportado de modo violento al pensar que estaban amenazando a su madre. ¿Había aprendido a comportarse así a causa de los malos tratos de Garson? ¿Sería peor cuando pasara a ser un Randell?

—Ella, quiero que mi hijo lleve mi nombre.

—Claro que quieres —sonrió la mujer.

—Pero todavía queda gente que odia el apellido Randell. Tom Moreau era uno de ellos.

—Y eso es lo que te tiene preocupado

—confirmó Ella.

Cade asintió.

—Bueno, solo puedo repetir lo que Hank os dijo cuando llegasteis por primera vez a Circle B. No sois como vuestro padre y no permitáis que nadie diga lo contrario —Ella lo miró con los ojos humedecidos—. Cade, has trabajado duro para llegar hasta donde estás. Eres un buen hombre, y cualquier niño se sentiría orgulloso de tenerte como padre.

La emoción congestionó a Cade, que solo pudo abrazar al ama de llaves con todo su cariño. Cade volvió a besarla en la mejilla.

—Ella, te he echado tanto de menos.

—Bueno, pues ya no vas a hacerlo nunca más. Ahora estás en casa, en tu sitio.

¿Era eso cierto? ¿Podría fundar un hogar para Brandon y compartir su vida con Abby? Todavía le dolía que ella hubiera elegido a Garson y hubiera mantenido oculto a Brandon todo ese tiempo. Quería a Abby contra viento y marea, pero no quería resultar herido una vez más.

Ella, como si pudiera leer su pensamiento, lo tocó en el brazo.

—Tienes que olvidar el pasado, Cade. No te hace ningún bien recordar. No puedes cambiar lo que ocurrió y no puedes evitar lo que sientes hacia Abby.

Cade intentó meter baza, pero Ella lo hizo

callar con la mano en alto.

—No puedes engañarnos, Cade Randell. Así que olvida tu furia y ve tras esa chica.

—Ya le he pedido que se case conmigo. Dice que no funcionaría.

—Entonces es que has hecho algo mal —dijo la mujer con los brazos cruzados—. Elige la forma correcta.

—Hago todo lo que puedo —sonrió Cade.

Se giró y se miró en el espejo. Iba impecable y de estreno.

—Ya lo veo —silbó Ella que estaba mirando la figura de Cade en el espejo—. Bueno, si el aspecto exterior sirve de algo, tú y tus hermanos habéis sido los chicos más guapos del Condado. Aunque no vendría mal un poco del auténtico encanto texano esta noche.

—Sí, señora —aceptó Cade.

—Y asegúrate de que Abby sabe que has venido para quedarte.

Cade miró su habitación. Había disfrutado el mes que llevaba en casa. Ni siquiera era consciente de lo mucho que los había echado de menos. «No voy a ninguna parte. Esta es mi casa».

Dos horas más tarde, Cade aparcó la camioneta y ayudó a Abby a salir. Ella se lo agradeció y puso los pies en la acera de la histórica Avenida Concho. Cade pensó que era un placer ayudarla, ataviada con su vestido largo de verano, color malva. Llevaba sandalias de tiras que la sujetaban el tobillo y que acentuaban sus largas piernas. El pelo rizado caía libre, sin ataduras, sobre su cara. Al acercarse a ella, pudo reconocer el dulce perfume de su piel.

—Espero que no te importe que actuemos como turistas esta noche —dijo Cade.

—No me importa —replicó Abby—. Caray, hacía años que no venía por aquí.

Cade la tomó de la mano y pasearon por la acera de madera junto a los escaparates centenarios que habían sido restaurados.

—¿Sabes? Aunque fuera a la universidad en Chicago, nunca pude olvidar este lugar. Puede que no tuviera muchas ganas de irme.

—¿Y ahora? —preguntó con sus grandes ojos verdes.

—Me interesaré más por el lugar en el que vivo. ¿Y si Brandon necesita ayuda algún día para elaborar un trabajo sobre la historia de la ciudad? ¿Crees que deberíamos llevarlo al Museo de Artesanía, el Fuerte San Angelo y el paseo junto al río?

—No todo en el mismo día, pero podrían resultar excursiones muy interesantes.

Cade asintió. Se sentía incómodo con Abby y no le gustaba. Siempre se había enorgullecido de manejar cualquier situación. Ahora estaba lleno de dudas, igual que un adolescente en su primera cita. Caminaron a lo largo de la Avenida, entrando y saliendo de las tiendas. Finalmente, llegaron frente al Museo de Miss Hattie´s Bordello.

—No creo que debamos traer a Brandon aquí —rio Abby.

—Sí, creo que podemos esperar unos años —admitió Cade.

Dos puertas más abajo estaba el Restaurante del Museo. Cade acompañó a Abby hasta la entrada.

—Nunca he estado aquí —confesó Abby excitada.

—Yo tampoco. Es la primera vez para ambos, otra vez.

—¿Otra vez?

—Esta es nuestra primera cita —recordó Cade, que la besó en los dedos de la mano—. Hasta hoy no he tenido la oportunidad de sacarte a cenar.

—Supongo que tienes razón —admitió Abby con la boca seca.

De pronto, Cade dudó que estuviera haciendo lo correcto.

—Puede que este no sea el local más indicado —musitó—. Debería haberte llevado a un sitio más elegante, pero había previsto una cena tranquila y, quizás, un largo paseo junto al río.

—Cade, esto es perfecto —aseguró Abby.

Ella sí estaba perfecta. No podía dejar de mirarla. La piel marfileña, la boca sensual y los ojos eran una invitación permanente al deseo. Cade perdió la noción del tiempo y se dejó atrapar por la profundidad de aquellos ojos verdes. Alguien chocó contra él a la entrada del restaurante y Cade regresó al mundo real.

—Creo que deberíamos entrar —dijo.

Entraron en el local y se quedaron de una pieza ante la decoración del lugar, que imitaba a un auténtico salón del salvaje Oeste. Cade acompañó a Abby hasta la barra del bar, menos iluminada. La luz de las velas temblaba en las mesas. Había diversas antigüedades, pero lo que más llamaba la atención era el gigantesco retrato de la peculiar Miss Hattie que colgaba de la pared.

—Vaya, Cade. Esto está muy bien.

—Me alegra saber que te gusta —y Cade apretó la mano de Abby.

Cade indicó el camino hasta su mesa y una camarera acudió a atenderlos.

—¿Qué te apetece? —preguntó Cade.

—Ginger ale.

—Yo tomaré lo mismo —dijo Cade, en una

inspiración—. Pediremos un poco más tarde.

La camarera se retiró y Cade se giró hacia Abby con el rostro preocupado.

—Lo lamento. No caí en la cuenta de que traerte a un bar... Quiero decir, después de lo que has pasado con Joel.

Abby sonrió, emocionada por tantas atenciones. Estaba intentando ser amable con ella a toda costa.

—El problema de Joel es solo suyo —aseguró Abby—. No acostumbro a beber. Solo un poco de vino de vez en cuando. Pero la razón es que no me gusta el sabor.

—Me asombras —dijo Cade—. Has tenido que pasarlo muy mal y, sin embargo, aquí estás.

No era tan sencillo. Cade no la había visto dos años atrás, cuando pasaba su peor momento. Entonces, había permitido que un hombre la utilizara como saco de huesos para vaciar en ella su furia. Abby hizo un esfuerzo y borró de su mente un recuerdo tan brutal.

—Brandon es mi punto de apoyo y mi inspiración. No puedes rendirte cuando un niño depende solo de ti.

—Oh, Abby, ojalá hubiera estado aquí para protegerte —se lamentó Cade.

Ella había deseado eso mismo un montón de veces.

—No podemos cambiar el pasado, Cade. Los dos cometimos errores —sus ojos brillaron de pronto—. Pero si pudiera, lo cambiaría...

En ese momento apareció la camarera con las bebidas. En cuanto se alejó, Cade acercó su silla a Abby.

—No llores, Abby. Por favor —Cade se inclinó sobre ella—. Tienes razón. No podemos volver atrás. Pero sabes que de ahora en adelante estaré siempre aquí, a vuestro lado.

Abby aguantó las lágrimas. No quería estropear la noche. Nada podía hacerla más feliz que ver cómo se establecían los lazos de una unión fuerte entre Brandon y Cade.

—Nuestro hijo está en una edad en que necesita un padre.

—Lo haré lo mejor que pueda —enlazó sus dedos con los de ella—. Y quiero que sepas que voy a quedarme en San Angelo, para siempre. Y voy a recuperarte. Volverás a confiar en mí.

Abby se quedó sin respiración.

—Podemos vivir juntos los tres. Tú, Brandon y yo.

Abby tuvo que apartar la vista y se concentró en su vaso.

—Es un compromiso muy grave, Cade. Tienes toda una vida en Chicago, y puede que algún día quieras volver.

—No tenía una verdadera vida. Además, he dejado el trabajo —añadió—. Necesitaré volver para hacer las maletas y traer mis cosas. Y tendré que vender el piso.

—¿Así de fácil? —preguntó Abby—. ¿Puedes romper con todo y marcharte?

—No hay nada que me retenga allí —reconoció—. Algunos amigos en el trabajo, muchos clientes. Pero puedo seguir en contacto con ellos. Y si te preocupan mis ingresos, te aseguro que estoy cubierto. He tenido suerte en estos años jugando en Bolsa.

Abby no sentía ningún interés especial por sus problemas financieros.

—¿No hay ninguna mujer? —preguntó finalmente, corroída por la curiosidad.

—¿Otra mujer? —Cade sonrió—. Vaya, la señorita está celosa.

—No es cierto —protestó Abby.

Cade se acercó todavía más y la besó en los labios. Abby sintió cómo le burbujeaba todo el cuerpo. Cuando él se apartó, Abby emitió un quejido de protesta.

—¿Decías? —apuntó Cade con cierta ironía.

—No estoy celosa —repitió Abby.

—Y no hay razón para que lo estés.

—Pero has pasado fuera mucho tiempo.

—Hace algún tiempo hubo alguien —dijo Cade con seriedad—. Pero nunca fuimos muy en serio. Estaba demasiado ocupado y ella se cansó de que anulara citas por motivos de trabajo. Me ha llevado mucho tiempo comprender qué es lo que realmente quiero. Brandon y tú.

Abby deseaba creerlo. Amaba a Cade Randell desde hacía tanto tiempo.

—¿Tienes alguna idea de lo mucho que te deseo? —susurró Cade al oído de Abby.

Abby buscó la mirada de Cade y descubrió el fuego de la pasión en sus ojos. El corazón retumbaba sin parar. La camarera apareció con la carta y ambos se concentraron en la cena.

Una vez solos, Cade tomó su mano otra vez.

—No puedo dejar de tocarte —confesó—. No puedo dejarte escapar.

—No quiero que lo hagas —admitió Abby, que disfrutaba cada contacto.

—Ten cuidado, Abby. Puede que decida secuestrarte y llevarte conmigo.

Abby no pudo contestar mientras sus miradas ardientes se encontraban. El mundo había dejado de existir a su alrededor. Nada perturbaba su estado. Y siempre había sido así.

Sirvieron la comida y trataron de mantener una conversación fluida, discutiendo qué harían en su segunda cita. Pero bajo la calma aparente corría un río de lava. La comida de Cade estaba sosa. Dejó el tenedor sobre el plato y vio que Abby hacía lo propio. El deseo en su mirada solo era un reflejo de sus propios sentimientos. Cade solo quería tomarla en brazos.

Pero sabía que tenía que ir paso a paso. Ambos necesitaban refrescarse.

—¿Te apetece dar un paseo junto al río? —sugirió Cade.

—Me encantaría.

—Bien.

Cade llamó a la camarera y pidió la cuenta. Ya tenía el dinero en la mano cuando apareció la chica. Dejó una generosa propina y ayudó a Abby. La sujetó por la cintura y caminaron hasta la salida. Igual que una colegiala sofocada, Abby preguntó por el servicio.

—Espérame en la salida —le dijo, consciente de su estado de nervios.

Hacía años que Abby no acudía a una cita. Era una locura, pero quería recuperar el tiempo perdido junto a Cade. Después de repasar su maquillaje, salió y se encaminó hacia la salida cuando una voz familiar la hizo detenerse. Notó una mano sobre su hombro y se tensó inmediatamente.

—Vaya, vaya, pero si es mi mujercita —dijo Joel.

Abby intentó zafarse del acoso de su ex

marido y llegar hasta la entrada. Sabía por experiencia que Joel era muy dado a los escándalos. Buscó con la mirada a Cade, pero no había rastro de él. Abby comprendió que tendría que enfrentarse a Joel ella sola. Se encaró con el hombre que había convertido su vida y la de su hijo en un infierno. Tenía muy mal aspecto. No llevaba traje y tenía la camisa sucia y arrugada. Pero fueron sus ojos, inyectados en sangre, los que confirmaron a Abby que Joel había estado bebiendo. Abby empezó a temblar y cerró los puños para combatir el miedo.

—Ya no estamos casados, Joel. Déjame en paz.

La ira se reflejó en su cara rubicunda. La empujó contra la pared.

—¡Maldita zorra! —escupió, y el aliento le apestaba a whisky—. ¿Con quién crees que estás hablando?

El corazón de Abby latía con tanta fuerza que pensó que le iba a estallar. Pero conocía el terreno que pisaba.

—Contigo. No creo que quieras que empiece a pedir ayuda para que todo el mundo comprenda qué clase de tipo eres. Te sugiero que me sueltes.

Funcionó. Joel seguía inflamado por el odio, pero la soltó. Se arregló el vestido y dio media vuelta. No quería darle a Joel ninguna satisfacción más. Mientras se alejaba, las palabras de Joel resonaron en su cabeza.

—Yo no andaría tan orgullosa, Abby. Puede que ese novio rico que tienes te haya echado un cable, pero el día menos pensado te lo echará en cara.

Las acusaciones de Joel hicieron mella en Abby. Se giró hacia Joel.

—Cade me está ayudando con el rancho —dijo Abby.

—Solo mira por sus intereses —rio Joel—. ¿No sabes que se ha hecho cargo de todos los pagos?

Abby sintió la sangre hirviendo. Estaba sudando. No era cierto. Joel estaba mintiendo. Cade nunca les haría algo así a Brandon y a ella. Nunca se quedaría con sus propiedades.

Habían pasado diez minutos y Cade empezaba a preocuparse. Fue a buscarla y entonces descubrió qué la retenía en el interior: Joel Garson. ¿Es que ese hombre no podía dejarla nunca en paz? Cade llegó a su altura y lo zarandeó.

—No, Cade —gritó Abby—. Puedo librar mis propias batallas.

—Te dije que te alejaras de ella —amenazó Cade.

—Estamos en un local público —dijo

Joel—. Además, no me interesa lo más mínimo. Puedes quedártela.

Joel se arregló la camisa con una sonrisa de satisfacción.

—¿Crees que ya lo has conseguido todo, Randell? Crees que eres un tipo importante, pero sigues siendo el hijo de un ladrón de ganado. Ni el rancho Moreau ni todo tu dinero pueden cambiar eso.

Cade tensó los músculos, atento a la reacción de Abby. El tipo no podía mantener la boca cerrada y ahora ella sabía lo del crédito.

—Eres un borracho, Garson. Si vuelvo a verte molestando a Abby, iré por ti.

—Apártate de mi camino —dijo Joel con un fuerte empujón.

—¿Estás bien, Abby? —preguntó Cade.

—Muy bien —replicó Abby dándole la espalda.

Salieron del restaurante y llegaron a la camioneta. Subieron y Cade supo que tenía que aclarar las cosas enseguida. Pero una mirada a Abby le indicó que era preferible esperar. Puede que para cuando llegaran a casa ella estuviera más dispuesta a escuchar. Veinte minutos más tarde, nada había cambiado. Tan pronto como frenó, Abby saltó fuera de la camioneta y corrió a la casa como alma que lleva el diablo.

Cade la siguió hasta el despacho.

—Acerca de lo que ha dicho Joel...—empezó.

—¿Es cierto? —preguntó Abby.

—Es cierto, pero solo aceleré los trámites. No quedaba tiempo, no había vendedor y Joel pensaba quedarse con el rancho.

Abby no había podido dejar de temblar desde que se había enterado de la verdad. ¿Cómo había sido capaz de algo así? Había mentido.

—¿Pagaste la deuda del banco?

Cade asintió y Abby se vino abajo.

—Eres propietario de parte del rancho.

—No. Bueno...técnicamente, sí. Pero solo hasta que vendamos el terreno del lago. Entonces dejaré de estar involucrado. Ocurre continuamente en los negocios. Es ético y perfectamente legal.

Abby sentía un cuchillo atravesándola el corazón. El dolor era casi insoportable.

—Pero no me lo dijiste. Y aprovechaste los poderes que te di para negociar. ¿Por qué no me lo contaste? ¿Por qué? ¿Lo planeaste todo solo? ¿Por eso has vuelto a casa? ¿Para buscar venganza?

—No, me limité a usar mi dinero porque no quedaba tiempo. Joel se negó a concederte una prórroga y había que hacer algo.

—Enséñame los recibos —exigió Abby.

Había dejado en sus manos todos sus asuntos con plena confianza. Cade solo le había contado lo que le interesaba. Tendría que haberse encargado ella.

Cade fue hasta la mesa y abrió el último cajón. Rebuscó entre diversas carpetas y sacó una. Se la dio a Abby.

—Me equivoqué, Abby —admitió Cade—. Debería habértelo dicho. Pero creí que el terreno ya estaría vendido a estas alturas.

Abby abrió el informe y sintió una punzada en el pecho al leer su nombre en la línea de puntos.

—Supongo que resulta agradable asistir al hundimiento de la familia Moreau y ver cómo lo pierdo todo.

Cade parecía dolido por sus palabras, pero ella lo ignoró por completo.

—No has perdido nada. Puedes estar segura —dijo Cade—. Nunca planeé robarte ni a ti ni a mi hijo.

—¿Fue idea tuya quedarte con todo? —insistió Abby, que no atendía a razones.

—¡No! —gritó Cade.

—¿Sabes que es lo más gracioso? —dijo Abby yendo de un lado a otro—. No me has herido. Este rancho me importa un bledo. Era el imperio de mi padre. Curiosamente, Brandon también lo adora. Así que lo único que has logrado es herir a tu hijo.

—¡Maldita sea, Abby! No pretendía herir a nadie. Solo quería ayudar.

—¡Claro! —exclamó Abby de pronto—. Por eso querías casarte conmigo. Querías quedarte con todo.

—¡No! Te equivocas.

Cade fue hacia ella, pero Abby levantó la mano para que no siguiera.

—No quiero escucharte, Cade. Brandon no va a pagar por tu resentimiento hacia mí. De alguna forma, conseguiré devolverte el dinero —Abby cerró los ojos un momento—. Ahora, te ruego que no insistas y que te marches.

—¿Cómo puedes pedirme eso? Si me dieras la oportunidad de explicarme…

—Sé todo lo que tenía que saber.

—Esto no ha terminado aquí, Abby. Cuando recuperes la calma, comprenderás que solo intentaba ayudar.

A lo largo de su vida, los hombres siempre habían decidido por ella. Pero solo aspiraban a controlarla, desde su padre hasta Joel. Su ex marido había llegado a las manos para lograrlo. Pero nunca más. Le había costado mucho romper esa dependencia, pero ahora ella y Brandon tenían una vida. Tendría que haberse dado cuenta cuando Cade irrumpió en su vida de nuevo, pero se dejó convencer. Solo había pensado en el amor. Y solo había obtenido dolor. Así que, tanto si lograba recuperar el rancho como si lo perdía, lo haría sola.

—Adiós, Cade —dijo y le dio la espalda.

Tan pronto como oyó cerrarse la puerta principal, rompió a llorar. Era la segunda vez que echaba a Cade de su vida. La inmensa tristeza que anegaba su corazón era tan intensa como la primera vez.

Capítulo diez

Cade sujetó el volante de la camioneta con más fuerza a medida que se acercaba al rancho Moreau. Habían pasado dos días desde su pelea con Abby, desde que ella lo había echado. Podría enfadarse tanto como quisiera, pero no lograría mantenerlo alejado de ella. Ni de Brandon.

El chico tenía que notar que pasaba algo raro. Seguramente esa era la razón por la que lo había llamado, suplicándole que fuera a verlos. Cade no pensaba renunciar a sus deberes de padre solo porque Abby estuviera enfadada.

Cade tomó la autopista con la esperanza de que el trayecto lo calmara y pudiera dejar claro que nunca había tenido más intención que ayudar. No iba a permitir que Brandon sufriera porque sus padres tuvieran una discusión. Al llegar, Cade se bajó de la camioneta y Brandon corrió a su encuentro. Levantó al chico y lo tuvo en alto, dando vueltas, mientras Brandon reía. Después lo bajó al suelo.

—Cade, te he echado de menos —dijo mientras se ajustaba el sombrero.

—Yo también a ti.

—¿Por qué no has vuelto? Lo prometiste.

—Tenía que ocuparme de unos asuntos, compañero —mintió Cade—. Pero ya estoy aquí.

—¿Podemos ir a montar?

—Claro —dijo Cade camino de los establos—. ¿Y tu madre?

—Está atareada.

A Cade no lo extrañó, puesto que seguramente él era la última persona que Abby quería ver en esos momentos. El chico miró a Cade con sus enormes ojos marrones.

—Mamá me ha dado permiso para ir a montar contigo —dijo y tiró de su brazo con fuerza.

En los establos, fueron directamente al cuarto de los arreos. Brandon se subió a un banco y descolgó dos bridas de un gancho. Cade cargó con una silla y dos mantas. Luego fueron a ver a Smoky. Después de ensillar el caballo, Cade preparó uno para él. Quince minutos más tarde se alejaban saludando con la mano a Charlie.

—¿Adónde te gustaría ir esta tarde?

—¿Mustang Valley? —sonrió Brandon.

—Brandon, eso está demasiado lejos. Y hoy hace mucho calor —Cade levantó la vista hacia el cielo azul—. ¿No te gustaría ir junto al lago? Podemos darnos un baño.

—Nunca he estado en el valle —dijo el chico—. Mamá y tú siempre habláis de allí. Y nunca he visto un potro salvaje.

Cade trató de razonar, pero la testaruda actitud de Brandon lo hizo cambiar de parecer. No había razón para no llevarlo allí.

—Está bien —se rindió Cade—. Pero no quiero oír ni una queja si te cansas.

—De acuerdo.

Cade sujetó las riendas y enfiló a su caballo hacia el oeste. Brandon lo siguió de cerca.

—¿Cuántos potros crees que veremos, Cade? —preguntó el chico.

—No lo sé. Puede que no veamos ninguno.

—Seguro que vemos un montón —apuntó Brandon llegando a la altura de su padre.

El chico se caló el sombrero para protegerse del sol. Brandon ya era un jinete experto. Cade estaba orgulloso y se moría de ganas por abrazar a su hijo. No tardaría en hacerlo. Iría a hablar con Abby en cuanto regresaran. Y nada le impediría decirle a Brandon que él era su padre.

Abby estaba que echaba humo y no paraba de dar vueltas. ¿Cómo se atrevía a aparecer y a llevarse a su hijo? Un escalofrío recorrió su cuerpo de arriba abajo. ¿Y si Cade decidía secuestrar a Brandon?

No, era una insensatez. Cade nunca haría algo así. Pero sabía que tenía que establecer algunas reglas. Incluso si tenía que acudir a los juzgados para hacerlo. No quería llegar tan lejos, pero no podía permitir que Cade actuara a sus anchas en lo concerniente a Brandon.

De pronto se abrió la puerta de la cocina y se escucharon unas voces. Brandon y Cade entraron. Estaban riendo, pero tan pronto como Cade vio a Abby borró la sonrisa de su cara.

—¿Dónde habéis ido? —preguntó Abby.

—A montar —respondió Cade.

—Sí, mamá. Cade me ha llevado a Mustang Valley —explicó Brandon—. Y hemos visto los potros.

—Brandon, ¿por qué no me has dicho que ibas a montar? Sabes que no puedes salir sin permiso. Estaba preocupada.

—Lo olvidé —dijo Brandon mirando al suelo.

Abby quería abrazar a su hijo, pero no podía. La había desobedecido a propósito.

—La próxima vez no te olvidarás. Estás castigado toda la semana. Nada de montar.

—Pero, mamá....

—Creo que ahora deberías subir a tu cuarto —zanjó Abby con un tono que daba miedo.

Brandon asintió. Luego miró a Cade.

—Gracias por venir —dijo el chico—. ¿Volveremos a montar cuando ya no esté castigado?

Cade se agachó y se puso a su altura.

—Claro que volveré. Pero creo que antes deberíamos establecer algunas reglas.

—Lo siento, Cade. No quería meterte en problemas —el chico estaba a punto de echarse a llorar—. Pero como no viniste ayer, creí que estabas enfadado y....

—No estaba enfadado contigo. Pero deberías haberle dicho a tu madre lo que íbamos a hacer —Cade abrazó a Brandon—. Hablaremos más tarde.

Abby se quedó de espaldas hasta que Brandon salió del despacho. Finalmente, se encaró con Cade. Su mirada erraba sobre la figura de Cade, sobre los vaqueros desgastados y el sombrero lleno de polvo. No quedaba en él ni rastro del hombre de negocios de Chicago. Era un auténtico vaquero. Por fin, sus miradas se encontraron y Abby sintió que se ahogaba en la profundidad de aquellos ojos negros. No podía evitarlo. Se notaba que no había dormido. Y se alegró por ello.

—¿Quién te has creído que eres para llevarte a mi hijo sin mi permiso?

—¿De qué estás hablando? —replicó Cade

con los brazos en jarras—. También es hijo mío. Y además sabías que iba a ir a montar con él.

—Hubiera sido de buena educación asegurarte.

—Nunca he creído que Brandon fuera un mentiroso —se asombró Cade—. Me dijo que estabas ocupada y lo creí.

Abby asintió y vio la ira de Cade desvanecerse en un momento.

—Brandon puede ser muy imaginativo cuando quiere.

—Será mal bicho.

—Y no podía dejar que se saliera con la suya.

—Escucha, Abby. No quiero que me separes de mi hijo porque tú y yo pensemos diferente. Está claro que el chico me necesita.

Abby se sintió dolida. Era más que una diferencia de opiniones. Y decidió aferrarse a su idea con determinación. No quería jugar el papel de mala mientras Cade solo aparecía para divertirse y pasarlo bien.

—No puedes esperar que lo premie por mentir.

—No. Pero quiero pasar un tiempo con él y dijiste que no lo impedirías.

—Siempre que antes hables conmigo —insistió—. Estaba aterrorizada. Gracias a Dios que Charlie me dijo que os había visto.

—Lo siento. ¿Qué más quieres que haga?

—Solo quiero un poco de consideración en el futuro.

—De acuerdo —aceptó Cade, con los ojos inflamados—. Y también quiero decirle a Brandon que soy su padre.

—No puedes —negó Abby.

La negativa de Abby le rompió el corazón. ¿Qué había hecho para merecer algo así? Solo quería ayudar a salvar el rancho y el reconocimiento de su paternidad. Y ella estaba intentando alejar a Brandon de su lado, otra vez.

—Puedo, y lo haré. Ya he esperado bastante. Y tú lo has estado retrasando. Es mi hijo y ya es hora de que sepa quién es su verdadero padre.

—Baja la voz, por favor —suplicó Abby.

—He hecho siempre todo lo que me has pedido y sigues recelosa.

—Puede que no sospechara tanto si hubieras sido sincero conmigo.

La furia se apoderó de él y sintió ganas de zarandearla.

—Nunca te he mentido. Solo quería ayudar. Y lo entenderías si no fueras tan cabezota. Pero estoy harto de darte explicaciones —se dirigió a la puerta y se paró en seco—. Voy a decirle a Brandon que soy su padre. Y traeré un mandato judicial si es preciso.

Cade atisbó el pánico en los ojos de Abby y lamentó haberla amenazado. Pero tenía que mostrarse firme. Ya casi la había perdido. Pero no se interpondría entre su hijo y él.

—No lo hagas, Cade. Por favor. Espera un poco más.

—Llevo esperando casi ocho años, Abby. No tienes ni idea de lo que eso significa. Nunca recuperaré ese tiempo. Necesito a mi hijo ahora y él me necesita a mí.

Cade dio media vuelta y fue hacia la puerta, haciendo caso omiso de los sollozos de Abby. Pero odiaba aquella situación. Abby nunca aceptaría nada suyo. Nunca había querido formar parte de su vida. Ahora estaba completamente seguro.

Cade regresó a Circle B. y cenó con su familia, incluidos Chance y Joy. Pero tenía la mente puesta en Brandon y no estaba muy hablador. Afortunadamente Katie los mantuvo a todos ocupados. Pero para él, su sobrina representaba todo aquello que él no había podido tener con su propio hijo.

Era realista y sabía que no podía volver atrás en el tiempo; pero deseaba haber tenido la oportunidad de estar junto a Brandon y a Abby los últimos ocho años. El caso es que ella no lo quería y no quería que Brandon supiera la verdad.

Intranquilo, Cade salió al porche justo a tiempo para ver al sol desaparecer por el oeste. Se apoyó en la baranda y se quedó mirando el cobertizo y los establos vacíos. Todos los caballos estaban fuera. Todo el rancho estaba tranquilo. Se oyó el ladrido de un perro en la distancia y los grillos inundaron la noche con su zumbido.

—Desde luego, esto no es Chicago —murmuró.

—¿Sientes nostalgia?

Era Hank. Cade oyó chirriar la mecedora cuando este se sentó.

—Creí que este era mi hogar —dijo Cade—, a no ser que te hayas cansado de mí.

—Hijo —dijo Hank con una sonrisa—, he sido más feliz en este último mes de lo que puedas imaginar. Pero no estoy preocupado por mí, sino por ti.

Cade cerró los ojos y apoyó la cabeza contra el poste.

—Abby cree que estoy intentando arrebatarle el rancho —confesó Cade.

Hubo un largo silencio.

—¿Por qué razón iba a creer algo así?

—No le dije que me hice cargo de la deuda y ahora soy copropietario del rancho —explicó—. Pero no tuve más remedio que hacerlo. Joel Garson iba a ejecutar la hipoteca. Es algo temporal.

—Supongo que Abby no se lo ha tomado demasiado bien.

Cade asintió.

—Bueno, tienes que entender que Abby nunca ha tenido mucha suerte con los hombres —empezó Hank—. Su padre era un hombre tiránico. Siempre habló en su nombre y decidió su vida. Obligó a Abby a casarse con un hombre que él había elegido. Y luego Garson acabó actuando de una forma que jamás comprenderé. Es comprensible que esté a la defensiva, pero es una buena chica.

—Pero yo no le haría ningún daño.

—Creo que, en el fondo de su corazón, sabe que eso es cierto. Pero siempre que ha confiado en un hombre ha salido malparada.

De pronto, Cade recordó la llamada de Abby a Chicago. Entonces no le había permitido hablar. Se limitó a decirle que no la quería y colgó. Así que él también la había abandonado, de algún modo.

—¿Qué puedo hacer para que confíe en mí? —preguntó.

Hank se puso en pie, se estiró y se ajustó el pantalón algo caído.

—Creo que eso debes decidirlo tú —dijo y le palmoteó en el hombro—. Y cuando lo hayas decidido, quizás puedas entender las razones de Abby para mantener en secreto a Brandon todo este tiempo.

El viejo Hank volvió a entrar en la casa y dejó a Cade solo.

Cade siempre se había considerado un solitario. Sin embargo, después de un tiempo en compañía de su familia había comprendido que deseaba pasar el resto de su vida con Brandon y con Abby. Repentinamente lo asaltó una idea. Puede que hubiera un modo de convencer a Abby de que solo la quería a ella, y no su rancho. Entró en la casa con la emoción reflejada en su rostro.

A la mañana siguiente, Abby estaba levantada y vestida a eso de las seis, después de pasar toda la noche en vela. Culpaba a Cade Randell. Entró en la cocina y encontró a Carmen preparando el desayuno.

—Buenos días, Abby.

—Buenos días, Carmen —saludó Abby, que fue directa a la cafetera.

Se sirvió una taza y dio un sorbo. El café estaba ardiendo, pero valía la pena. Carmen preparaba el mejor café del Condado. Era lo que necesitaba para empezar bien el día. Un nuevo día sin Cade.

Se sentó a la mesa y Carmen la sirvió un plato de huevos con tocino.

—Coma —ordenó el ama de llaves—. Y no me discuta.

—No puedo comerme todo esto.

—Inténtelo, y si decido que se está esforzando, quizás la exima de terminárselo. Ningún hombre merece tanto sacrificio —dijo con las manos en las caderas—. Además, a los hombres no les gustan las flacuchas. Así que coma.

—Yo no necesito a un hombre —protestó Abby.

—Necesita al hombre adecuado. Así se levantará de buen humor, y Brandon también. ¿Por qué se ha quitado de encima al señor Randell?

—Tenía que hacerlo —Abby se emocionó—. Era lo mejor.

—Para mí no tiene sentido —argumentó Carmen—. Usted está triste todo el día y Brandon se pasea con cara mustia. ¿En serio era lo mejor?

—No puedo afrontar otro matrimonio sin amor. Mi vida junto a Joel Garson fue un desastre y no quiero que se repita.

—El señor Randell nunca se comportaría así —dijo Carmen—. He visto cómo la mira y cómo mira al chico. Se porta estupendamente con Brandon. Hasta Charlie lo admite y sabe que él no permitiría que nadie le hiciera daño al chico.

—Ya lo sé. Charlie siempre se ha portado maravillosamente con nosotros. Tengo mucha suerte de teneros aquí.

—Estamos aquí porque este también es nuestro hogar —repuso el ama de llaves.

Abby echó la vista atrás y recordó la de veces que Carmen había acudido en su ayuda. Igual que una madre, nunca le había reprochado los errores que hubiera podido cometer. Ni siquiera cuando había regresado a casa después de su fallido matrimonio. Siempre había estado a su lado, para lo bueno y para lo malo.

En la situación actual, Abby no sabía cuanto tiempo podrían quedarse en el rancho. Su orgullo no le permitía pedir ayuda a Cade. Carmen se sentó junto a ella.

—Sé que han sido tiempos difíciles —dijo la buena mujer con dulzura—. Los hombres no se han portado bien con usted. Primero su padre y luego ese Garson. Tiene derecho a conocer el verdadero amor. Conceda una oportunidad al señor Randell. No le tenga miedo a la felicidad.

Los ojos de Abby se humedecieron. No podía vivir junto a un hombre que clamaba venganza. «No puedo castigar a Brandon por mis errores. Cade tiene razón. Nuestro hijo merece conocer a su padre» pensó Abby.

—De acuerdo.

—Ese es un comienzo —sonrió Carmen—. No cierre su corazón. Claro que algo me dice que siempre estará abierto para el señor Randell.

Abby sabía que la predicción de Carmen era un imposible. Ella siempre amaría a Cade. Pero tendría que conformarse con compartir a su hijo. Así tenía que ser.

—Hablando de Brandon, es raro que todavía duerma —dijo Carmen—. Voy a echar un vistazo.

—No, Carmen. Iré yo. Tengo que hablar con él. Tiene que saber algunas cosas.

Abby salió al recibidor y subió las escaleras. A lo largo del pasillo, trató de imaginar cuál sería la mejor manera de explicarle a Brandon toda la historia. Tocó en la puerta, entró y llamó a su hijo.

—Despierta, dormilón —dijo Abby.

Inmediatamente descubrió que Brandon no estaba en su habitación. La cama estaba hecha, pero su hijo no estaba allí. Abby bajó las escaleras y entró en la cocina. Descolgó el teléfono y llamó a los establos. Charlie contestó a los pocos segundos.

—Charlie, ¿está Brandon contigo?

—No, no lo he visto. Acabo de volver de la ciudad. Espera un segundo, voy a comprobar algo —esperó un tiempo que le pareció una eternidad—. Es lo que suponía. Smoky tampoco está.

—Voy enseguida.

Abby colgó y salió como una exhalación. Antes se giró hacia Carmen, que no entendía nada.

—Carmen, voy a buscar a Brandon. Parece que se ha escapado.

—El chico nunca ha salido a cabalgar solo —dijo el ama de llaves.

—Y cuando lo encuentre, no volverá a salir.

Abby quería enfadarse para enterrar el miedo. Se caló el sombrero y salió. Su único pensamiento era que Brandon estuviera bien. Una ráfaga de viento casi hizo volar su sombrero, pero Abby lo sujetó a tiempo.

—¡Charlie! —gritó cuando llegó a los establos.

—Estoy aquí.

El hombre salió del cuarto de arreos.

—El chico no se ha llevado la silla, pero falta una brida. Está montando a pelo.

—¿Por qué? —Abby sintió pánico—. Sé que estaba enfadado por el castigo, pero nunca se había rebelado de esta forma. ¿Dónde ha podido ir? Dios mío, no lo veo desde anoche. Tengo que encontrarlo.

—Será mejor que salgamos ya —advirtió Charlie—. Se acerca una tormenta. Llamaré a algunos chicos y formaré una partida.

—Llama a Circle B. y dile a Cade que su hijo ha desaparecido y que lo necesito.

Abby fue a buscar una silla de montar. Quince minutos más tarde cabalgaba detrás de Charlie cuando la camioneta de Cade derrapó frente a ellos.

—¿Dónde está Brandon? —dijo sin aliento.

—No lo sé —admitió Abby con lágrimas en los ojos—. No estaba en su habitación esta mañana. Y su caballo tampoco está. Oh, Cade, ¿crees que nos escuchó discutir anoche?

—No lo sé, Abby —la abrazó—. Pero vamos a encontrarlo y a explicárselo todo.

—Tenías razón, Cade —dijo Abby atragantándose—. Deberíamos habérselo dicho. Si se ha enterado a través de la pelea, seguramente creerá...

—He dicho que vamos a encontrar a Brandon —dijo Cade con calma—. No va a ocurrirle nada.

—Eh, vosotros dos —dijo Charlie, que había ensillado un caballo para Cade—. El tiempo empeora por momentos. Hay que darse prisa.

Un trueno lejano certificó sus palabras. Poco tiempo después, cubiertos con ponchos, los tres recorrían los pastos peinando toda la zona en busca de Brandon. La tormenta prometía ser fuerte y eso dificultaría la búsqueda. Cade trató de pensar en todos los lugares a los que había llevado a Brandon y en los que un niño podría esconderse. Pero de momento, no había señal del chico. Había pasado una hora y en aquellos instantes llovía con más intensidad. Chance se unió al grupo en lo alto de la colina, pero no tenía noticias. No había visto nada en el camino. Hank llegó un minuto más tarde. Ni siquiera consiguieron una pista cuando se separaron. La lluvia había borrado todas las huellas. Cade miró a Abby y el corazón se le encogió. Hubiera hecho cualquier cosa para quitar el miedo de sus ojos. El mismo miedo que sentía él, pero que no mostraba. Tenía que encontrar a su hijo.

—Abby, estás temblando —dijo Cade, consciente de que la temperatura había bajado drásticamente—. Deberías volver al rancho y esperar. Hank y yo seguiremos la búsqueda.

—No. Me quedaré hasta que aparezca Brandon.

—Quizás deberíamos avisar a las autoridades —sugirió Hank.

—Les llevaría una hora llegar hasta aquí —señaló Cade—. Preferiría llamar a más vecinos. Llegarían antes.

Hank sacó el móvil y marcó varios números. Mientras Hank hablaba, una idea iluminó a Cade.

—Creo que sé dónde ha ido Brandon. Mustang Valley.

La lluvia dificultó la marcha, pero cuando Abby, Cade y Hank coronaron la cresta de la montaña y divisaron todo el valle, vieron al caballo gris junto a un árbol. Los tres cabalgaron hacia el arroyo gritando. Entonces Cade creyó oír un grito ahogado. Desmontó y corrió a través de los arbustos en dirección a unos árboles. Encontró a Brandon temblando, hecho un ovillo debajo de una rama.

—Lo he encontrado —gritó y corrió junto a su hijo.

Lo levantó en brazos. El chico, empapado, se agarró a su cuello y empezó a llorar.

—Cade —sollozó—, tenía mucho miedo.

—Está bien, Brandon —dijo Cade—. Estoy aquí y no pienso marcharme.

Abby corrió a su encuentro. Hank también desmontó y sacó de su silla una capota nueva que colocó al chico.

—Hay que sacar al chico de aquí —dijo Hank—. Hay una caseta a poco más de medio kilómetro. Si no recuerdo mal, Tom la conserva en buen estado.

Cade accedió y caminó hasta su caballo. Minutos después llegaron a una cabaña de una sola habitación. Amarraron a los caballos al porche cubierto y Hank hizo que todos pasaran dentro. Echó un vistazo al escaso mobiliario de la cabaña hasta que se acostumbró a la oscuridad.

—Bien —exclamó—, hay madera seca.

Hank se quitó la capota y fue hasta la chimenea. En pocos minutos había encendido un fuego. La habitación se caldeó enseguida.

—Tengo frío —dijo Brandon tiritando.

—Lo sé, hijo —respondió Cade.

Se quitó el poncho y luego desnudó a Brandon hasta que se quedó en ropa interior. Entonces lo acercó al fuego.

Abby se secó el pelo con una sábana que encontró en una estantería. Miró a Cade y le dio las gracias en silencio. Cade asintió, aunque quería más que su gratitud. Quería tomarla en brazos y decirle lo que sentía por Brandon y por ella. Pero eso no era posible por lo que, con sus emociones a flor de piel, salió al porche.

Hank estaba cuidando a los caballos.

—He llamado a casa para decir dónde estamos —dijo Hank—. Chance traerá el camión en cuanto escampe.

—Gracias.

Cade empezó a temblar y parecía que no podía parar.

—Por un momento, creí que lo habíamos perdido —confesó con lágrimas en los ojos—. Pensé que no lo encontraríamos sano y salvo.

Hank fue hasta él y lo abrazó con fuerza.

—Está bien, hijo. Todo ha salido bien. Tienes que averiguar por qué huyó. Tiene que haber una razón.

—Creo que nos oyó discutir la otra noche.

—Si eso cierto, necesitas aclarar las cosas.

—No sé qué decir —confesó indefenso—. Esto no habría ocurrido si hubiera sabido que tenía un hijo. Me habría casado con su madre. La quería.

—Díselo —sugirió Hank—. Y no olvides que Abby también te quería a ti.

—¿Cómo puedes decir eso?

—Es la verdad —afirmó Hank—. A lo largo de estos años, ¿te has preguntado alguna vez por qué Abby cambió de opinión tan bruscamente?

—Supongo que su padre la convenció para que no se casara conmigo —dijo Cade, que no quería pensar en ello.

—Eso es cierto, en parte —asintió Hank—. Hace algunos años me enteré de la verdad. Al parecer, cuando Abby le confesó que estaba enamorada y que se había comprometido contigo, Tom Moreau tuvo un arranque de cólera y le ordenó que rompiera ese compromiso. Abby se negó. Así que Tom sacó la artillería pesada. Le contó a Abby que se habían producido una serie de robos en la propiedad y que dos de sus hombres jurarían haberte visto robar ganado ante el gran jurado si no rompía contigo.

Cade apenas podía creer lo que estaba escuchando.

—Yo nunca robé nada a Tom Moreau.

—Ya lo sé. Y Abby también lo sabía —prosiguió Hank—. Pero pensó que lo mejor para ti era que ella se marchara. Lo hizo porque te amaba, Cade.

Se sentía cómo si algo le presionara el pecho. No podía respirar. Recordó la llamada de Chicago. Se pasó la mano por la cara.

—Nunca le di la oportunidad de decirme que estaba embarazada.

—Los dos cometisteis errores —añadió Hank—. Erais muy jóvenes, Creo que ya es hora de que hagáis las paces. Tienes un hijo que te necesita.

En el interior de la cabaña, Abby se abrazaba a Brandon e intentaba darle calor. El chico había dejado de tiritar y se había dormido. Ella también estaba cansada, pero no iba a separarse de su hijo. La puerta se abrió y entró Cade. Ella contuvo la respiración al verlo. Estaba muy guapo y lo amaba todavía más después de cómo había reaccionado esa tarde. Cade se acercó y se sentó junto a ellos.

—Lo siento —susurró—. Siento haberte causado tantos problemas.

—No, soy yo quien tiene que disculparse, Cade. Nunca debí esconder a Brandon, pero tenía tanto miedo de que me odiara —se detuvo, a punto de llorar—. Te necesita, Cade. Has sido tan bueno con él.

—Brandon nunca podría odiarte, Abby —Cade posó su mano sobre su brazo—. Mi hijo tiene mucha suerte de tener una madre como tú. Solo lo estabas protegiendo. Siempre has protegido a la gente a la que has querido. ¿Podrás perdonarme por ser un imbécil de primera categoría?

—Los dos hicimos locuras —admitió, acunando a su hijo—. Estaba tan asustada que creía que lo único que buscabas era venganza.

Cade acarició la cabeza de su hijo y, por descuido, rozó uno de los pechos de Abby. Sus miradas se cruzaron y el deseo se hizo visible.

—Tenemos que hablar de algunas cosas, Abby —Brandon se removió en los brazos de su madre—. Más tarde.

—¿Estás enfadado conmigo? —preguntó

Brandon a Cade.

—En este momento, no —sonrió Cade—. Estoy demasiado contento por que estás bien. Pero tendrás que explicar muchas cosas, hijo. ¿Por qué te escapaste de casa solo?

—Porque mamá y tú estabais peleando…por culpa mía. No quería causar problemas. Recuerdo cuando mi papá pegaba a mamá por culpa mía. No me quería.

—Yo no soy como Joel.

—Ya lo sé —asintió el chico—. Tú nunca te enfadas ni gritas. Pero todavía me asusto. Me dijiste que solías ir a Mustang Valley cuando querías estar solo y pensar. Y que allí te encontrabas mejor y no te sentías marginado. Yo también necesitaba pensar. Estaba bien, pero cuando empezó a llover…creí que pararía antes.

El chico miró alternativamente a Cade y a su madre.

—Esperaba que vinieras a buscarme. ¿De verdad eres mi padre? Eso dijiste en casa.

—Sí, soy tu padre —dijo Cade, el corazón henchido de amor.

—Vaya. Me gustaba imaginar que lo eras —dijo Brandon con los ojos muy abiertos—. ¿Me quieres?

—Sí. Claro que sí. Te quiero mucho.

—Yo también te quiero…papá —exclamó el chico exultante.

Cade lo abrazó con todas sus fuerzas. Nunca había sido tan feliz. Miró a Abby. Solo una cosa podría hacer que ese momento fuera perfecto.

—¿Eso significa que mi verdadero nombre es Brandon Randell? —preguntó el chico.

—¿Eso te gustaría?

—Sería genial —Brandon arrugó la nariz—. Pero, ¿y mamá? ¿También sería una Randell?

Capítulo once

Cade quería que su hijo supiera la verdad. Por encima de todo, deseaba formar una familia con Abby. Pero antes de que pudiera hablar se oyó la bocina del camión de Chance y eso distrajo la atención de todos.

—Parece que ha llegado el rescate —anunció Hank oteando el exterior.

—No llevo nada encima —dijo Brandon, tapándose con la sábana.

—Por eso tenemos que llevarte a casa —dijo Cade levantando a su hijo—. Irás tapado, así que nadie notará que estás en calzoncillos.

Brandon rio en el momento en que Chance entraba en la cabaña escurriéndose el agua de su chubasquero. Enseguida se fijó en Brandon.

—¿No está un poco mojado para dar un paseo? —preguntó Chance.

—No sabía que iba a llover —sonrió Brandon con timidez.

—Sí, quién hubiera sospechado un aguacero así en plena sequía —admitió Chance—. Tenías preocupada a mucha gente, hijo.

—Lo sé. Lo siento.

—Está bien. Lo entiendo —Chance le guiñó un ojo—. A veces, un hombre necesita evadirse para reflexionar.

—¿Tú eres mi tío? —preguntó Brandon.

—Sí —asintió un poco perplejo Chance—. Sí, soy tu tío.

—Genial —dijo el chico—. Nunca había tenido un tío antes.

—Bueno, yo tampoco había tenido un sobrino —confirmó Chance—. Ahora es mejor que te llevemos a casa. Pronto nos reuniremos todos.

Cade salió fuera llevando a Brandon en brazos.

—Chance, si puedes llevar a Brandon y a Abby a casa, yo me haré cargo de los caballos.

—Yo puedo quedarme con Hank —se ofreció su hermano—. Es mejor que vayas con tu familia.

—¿Estás seguro? —dijo Cade agradecido.

—Hazme caso —susurró—. Ahora mismo, los dos te necesitan.

—De acuerdo, te debo una.

—Puedes estar seguro de que te haré pagar por esto —bromeó Chance—. Ahora vete. Abby, me encargaré personalmente de llevar los caballos.

—Gracias, Chance.

Salieron al porche. Había amainado bastante. La tormenta estaba pasando de largo y ya se veían los primeros claros en el cielo.

—Gracias, hermano —repitió Cade—. Y gracias a ti, Hank.

—Cuando quieras. No puedo perder a mi nieto.

—¡Vaya! —soltó Brandon con asombro—. También tengo un abuelo.

—No te excites —dijo Abby—. Vas a estar castigado una buena temporada, así que pasará un tiempo antes de que veas a nadie.

—¿Vas a castigarme?

—No. Dejaré que sea tu padre quien lo haga.

—Genial —gruñó Cade—. Supongo que me ha llegado el turno de ser el malo.

—Es mejor que te acostumbres —señaló Abby—. Forma parte del trabajo.

—Aun así me encantará ser padre —dijo Cade.

Antes de que Abby reaccionara, Cade metió en el camión a Brandon y le puso el cinturón de seguridad. Luego hizo lo propio con ella para asegurarse que todos estaban bien. Después se despidió del grupo, subió al volante y condujo camino de casa con su preciada carga.

Quince minutos más tarde estaban de vuelta en el rancho, donde Carmen y Charlie los esperaban con los brazos abiertos. Después del baño y de haberse acostado, Brandon estaba harto de tantas atenciones.

—No te quejes —dijo Cade—. Algún día estarás encantado de que una mujer te dedique tantos mimos.

—Mamá y Carmen me tratan como a un niño pequeño.

—Ojalá yo tuviera una madre como la tuya. Mi madre murió cuando yo tenía tu edad.

—¿Y quién te cuidó?

—Mis hermanos y yo fuimos a vivir a Circle B. Ella fue como una madre para nosotros.

—Entonces será como mi abuela.

Cade no pudo evitar una sonrisa, consciente de lo mucho que le gustaban a Ella los críos.

—Chico, van a malcriarte a conciencia.

Brandon parecía contento, pero poco a poco su expresión se ensombreció.

—¿Vas a casarte con mamá?

Cade, que había esperado esa pregunta mucho tiempo, pareció sorprendido. Se sentó en el borde de la cama, apoyado en la cabecera y abrazó a su hijo.

—Es una pregunta difícil. Han ocurrido muchas cosas entre tu madre y yo. Y ha pasado mucho tiempo. Hay cosas que no entenderás hasta que seas mayor.

—Ya soy mayor —insistió Brandon—. Sé que el abuelo no te quería. ¿Por eso no te casaste con mamá?

Cade no quería que su hijo guardara un mal recuerdo de su abuelo.

—Esa fue una de las razones, pero él creía que actuaba en beneficio de su hija —dijo sinceramente, mientras el chico bostezaba—. Y ahora creo que deberías dormir.

—No tengo sueño —protestó aunque apenas podía mantener los ojos abiertos—. No te vayas, por favor.

—Estoy aquí, hijo —Cade apartó el pelo de la frente de Brandon—. No voy a ninguna parte.

Abby bajaba las escaleras con la bandeja de la comida. Había oído parte de la conversación entre padre e hijo. Había oído la promesa de Cade de no marcharse de su lado. Se sentía algo celosa por la intimidad de la que ahora gozaban padre e hijo. Fue a la cocina y vació la bandeja en la basura. Ella y Joy estaban sentadas a la mesa.

—¿No han querido comer nada? —preguntó Ella.

—Brandon estaba a punto de dormirse y no he querido molestar.

—Eres su madre. Puedes molestar todo lo que quieras —dijo Ella y dejó una bolsa grande sobre la mesa—. He traído una muda limpia para Cade. ¿Querrás asegurarte que se cambia?

Abby asintió, pero sabía que no podría hacer frente a Cade en esos momentos. Habían estado muy cerca de perder a Brandon. Y era culpa suya por no haber permitido que Cade le contara la verdad a su hijo.

—¿Qué te ocurre? —se interesó Joy.

—Nada —suspiró Abby—. Creo que todo lo que ha pasado me ha dejado sin fuerzas.

Salió de la cocina con la esperanza de estar sola. Antes de que empezara a subir las escaleras, alguien llamó a la puerta principal. Abby fue a abrir. Era el cartero y traía una carta urgente.

—Buenas tardes, señora. Lamento el retraso. Ha sido por la tormenta —le entregó un sobre grande—. ¿Quiere firmar aquí?

Abby firmó, despidió al hombre y entró en la casa. Fue hasta el despacho para abrir el sobre. El remitente era el banco local. Rasgó el borde y sacó una carpeta. Dentro había unos papeles. Examinó su contenido hasta que comprendió que era la nueva escritura del rancho. Y el nombre que figuraba al pie era Brandon Garson Randell. Cade había traspasado la propiedad a su hijo. Abby se quedó sin respiración. Su nombre figuraba como administradora de los bienes. Se hundió en el sofá. Todo este tiempo, Cade solo había estado intentando ayudar. Había una nota junto al informe.

Abby, espero que esto aclare los malentendidos. Mi única intención ha sido ayudar. Todo lo que he hecho ha sido por nuestro hijo. Debería habértelo dicho. Lo lamento. Espero que puedas perdonarme.

Cade

Abby llevó la nota contra su pecho con lágrimas en los ojos. ¿Perdonarlo? Tenía que arreglar las cosas. Subió las escaleras y entró en la habitación de su hijo. Tanto Cade como Brandon dormían profundamente.

Presa de la emoción, Abby se acercó a la cama con la mirada fija en las dos personas más importante de su vida. Notó la suave respiración de Cade. Dormía con el brazo alrededor de su hijo. Una lágrima se deslizó por su mejilla. Brandon debería haber tenido a su padre todo este tiempo. Se limpió la cara. De algún modo, se aseguraría que supiera quién era su padre en el futuro. Se inclinó y besó a Brandon en la frente. Quería hacer lo mismo con Cade, pero estaba asustada.

—Lo siento mucho, Cade —susurró.

Abby quería estar a solas. Se refugió en su habitación y se duchó para sacarse toda la suciedad de encima. No tenía apetito y decidió acostarse. Pero después de varias horas, seguía sin poder conciliar el sueño. Se levantó y fue a ver cómo estaba Brandon. Seguía durmiendo. Y estaba solo. Disgustada, Abby supuso que Cade se habría marchado. Era lo más sensato. Todavía no estaba preparada para verlo. Bajó al despacho. Dejó la luz apagada y se sentó en el sofá apenas iluminado por la luna.

—¿Por qué no me lo dijiste?

Abby se sobresaltó. Reconoció la voz de Cade y vislumbró su figura entre las sombras, junto a la mesa del despacho.

—¿Por qué, Abby? —repitió y avanzó hacia ella—. ¿Por qué me dejaste marchar hace casi ocho años?

Abby lo miró detenidamente. Se había cambiado de ropa. Llevaba unos vaqueros gastados y un polo negro que se ajustaba a su torso y dejaban libres los brazos fuertes, que la habían abrazado con tanta ternura y que habían protegido a su hijo. Trató de concentrarse en la pregunta.

—Ahora no tiene ya importancia, Cade.

—Sí que la tiene, Abby. ¿Crees que hubiera permitido que tu padre nos separara? —preguntó dolido—. Nos queríamos. Y todo este tiempo ha sido Tom Moreau el que me mantuvo alejado de ti. ¿Sabes que durante años creí que no me amabas? ¿Por qué no confiaste en mí?

—Me amenazó con enviarte a la cárcel —confesó Abby con los ojos anegados.

—No me habría importado —dijo Cade—. Lo hubiera preferido antes que perderte.

Cade se acercó. Abby tomó su mano y se juntaron.

—Hubiera hecho cualquier cosa para estar contigo —musitó.

Cade la besó en la boca con tanta ternura que Abby estuvo a punto de desmayarse.

—Cualquier cosa —repitió.

—Pero....

—No quiero discutir más —dijo Cade—. Ya no importa, Abby. Olvidaremos el pasado. No habrá culpables. Ahora estamos juntos. Tú, Brandon y yo. Y vas a casarte conmigo.

Abby quería aceptar. Pero deseaba su amor, más allá de una promesa para formar una familia. Se separó de él para tener las ideas claras.

—Cade, tenemos que hablar.

Al separarse de él, Cade sintió pánico por un momento. Quería volver a tenerla entre sus brazos y obligarla a que admitiera sus sentimientos. Era como un sueño, bañada por la luz de la luna, el pelo suelto y la esbelta figura enmarcada en un mágico halo de luz natural.

—Adelante —dijo Cade—. Te escucho.

—En primer lugar, quiero pedirte perdón por cómo reaccioné con relación a la hipoteca. Ahora sé que solo querías ayudarnos. He recibido la escritura esta tarde. Gracias.

—No tienes que disculparte. No debí ocultarte la operación.

—De todas formas, Cade, sabía que eres un hombre honrado y que nunca te quedarías con nuestra propiedad.

—Pero hubo un momento en que creíste que solo buscaba vengarme.

—Soy culpable —asintió Abby—. Pero confiaba en que no lo harías. Es que me ha costado mucho recuperar el control de mi propia vida —respiró—. Me asustaba pensar que de nuevo dependería totalmente de un hombre.

—¿Y eso es malo?

—Lo es, si eso implica mudarme de casa.

Cade intentaba seguir su razonamiento, que cobró lógica si tenía en cuenta los hombres que Abby había conocido a lo largo de su vida.

—Yo no soy como tu padre, o como Joel. Quiero ser tu socio, tu marido y tu amante.

—Dices eso ahora. Pero, ¿qué ocurrirá cuando encuentres a alguien a quien verdaderamente ames?

—Abby, no creerás que yo alguna vez....

¡Dios mío! Ahora lo entendía todo. Ella pensaba que no la amaba. Avanzó hasta ella y la miró a los ojos.

—Abby, nunca encontraré a otra persona. Nunca ha existido otra persona. Desde que tengo memoria he estado enamorado de ti. Te quería a los dieciséis años y sigo queriéndote ahora.

—¿Todavía me quieres? —preguntó con sus grandes ojos verdes.

—Sí. Y si quieres que este sea un día perfecto, dime qué sientes por mí.

—Oh, Cade, te quiero con toda mi alma.

Abby se refugió entre sus brazos, temblando por la emoción.

—Cariño, he esperado tanto oírte decir esas palabras. Vamos, no llores.

—Yo creí que me odiabas.

—El odio era la única defensa contra ti —admitió—. Al verte en la fiesta de Hank comprendí que seguía queriéndote, pero no quería aceptarlo. Cuando pienso en las cosas que te he dicho...Te quiero, te quiero mucho.

Abby lo abrazó por la cintura.

—Todos estos años, solo tenía que mirar a Brandon para verte. Tiene tus ojos, tu sonrisa. Nunca he dejado de quererte. Hemos perdido tanto tiempo. Ojalá pudiéramos…

—Calla —dijo él—, no más reproches. Ahora estaremos juntos, si aceptas casarte conmigo, Abby.

—Oh, sí —sonrió Abby entre las lágrimas—. Me casaré contigo, Cade Randell.

Cade la besó con desesperación. Se abrazaron y permanecieron así. Por fin había recuperado a Abby. Y además tenía una familia propia.

—Será mejor que subamos y le demos la noticia a nuestro hijo.

—Un momento, señor Randell. Aún tienes mucho que aprender. No se despierta a los niños. Si lo haces —Abby lo rodeó con los brazos—, mamá y papá nunca tendrán intimidad. Y desde luego, nos merecemos un poco.

—Y tendremos toda una vida por delante para disfrutar de esa intimidad —sonrió Cade.

Se besaron con tanta pasión que pronto dejaron de pensar en Brandon.

—Aprendes rápido, Cade.

—Estoy en tus manos, futura señora Randell.

De nuevo se fundieron en un mar de besos. Cade empezó a borrar el pasado. Ahora ya no importaba, porque el futuro era suyo. Y estarían siempre juntos.

EPÍLOGO

En Mustang Valley, Cade se quedó de pie junto a su caballo mirando a su recién estrenada esposa. Abby Randell estaba preciosa con vaqueros, camisa y sombrero. Casi tanto como vestida de novia seis meses antes. La ceremonia había tenido lugar a las dos semanas y solo habían acudido familiares y amigos. Después, Hank y Ella habían ofrecido una comida en Circle B. La parte favorita de Cade fueron los cinco días que duró la luna de miel en las Bahamas. Después de conseguir la promesa de que irían a Disney World en navidades, Brandon había accedido a quedarse en casa de Hank mientras sus padres volaban rumbo al paraíso. Cade necesitaba concentrarse en la novia. Y lo hizo. Dieron largos paseos por la playa, borraron los años pasados y recuperaron el tiempo perdido. Al día le había seguido la noche, repleta de caricias y pasión. También habían planeado la educación de Brandon y habían sopesado la idea de ampliar la familia.

Cade suspiró. Volver a casa también era maravilloso. Se había mudado al rancho Moreau. Pero una vez que el rancho había empezado a funcionar como centro de actividades para ejecutivos, había planeado construir una casa en el valle. Y conocía el lugar perfecto. Llevaría algunos años, pero no le importaba la espera. Ahora tenía a Abby y a Brandon.

Miró a su mujer, que empezaba a perder la paciencia mientras discutía con el arquitecto los planos de las cabañas. Cade sonrió. Condujo los caballos hasta una de las cabañas.

—Abby, creo que deberíamos volver. Le prometí a Brandon que le ayudaría a terminar el fuerte esta tarde.

—Ahora voy, Cade —dijo—. En cuanto el señor Reed entienda que deseo ventanas más grandes en las cabañas, tal y como pedí.

—Estoy seguro de que el señor Reed encontrará una solución —afirmó Cade.

—Llevará un tiempo rehacerlo todo —explicó el arquitecto.

—Pues hágalo —ordenó Abby—. Y métales prisa. Tiene dos semanas para terminar el trabajo. De lo contrario, los visitantes tendrán que alojarse en su casa.

—Que pase un buen día, señor Reed —dijo Cade y se llevó a su mujer.

Una vez que habían montado en los caballos, Abby se giró.

—He olvidado comentarle una cosa.

—Seguro que puede esperar hasta mañana —la frenó Cade, y acto seguido la besó.

—¿Es que no has tenido suficiente con la ración de anoche y la de esta mañana? —sonrió Abby con picardía.

—Ya han pasado dos horas —protestó Cade—. Además, tenemos dos horas libres antes de que Brandon regrese de Circle B.

—Así que has mandado a tu hijo fuera para quedarte a solas conmigo —Abby lo miró desafiante—. Bien, veamos si puedes conmigo.

Abby clavó la espuela en el lomo de su caballo y salió a galope. A Cade le encantaba eso. Montó y corrió tras ella. Tardó un rato en alcanzarla, pero finalmente Abby frenó un poco el ritmo.

—Creo que somos muy afortunados —dijo Cade—. A veces, me siento un poco culpable.

—¿Cómo puedes decir eso? Después de todo lo que hemos pasado. Creo que nos merecemos cada minuto de felicidad —Abby se estiró sobre la silla—. Y en cuanto abramos al público el recinto, podré empezar a devolverte el crédito.

Cade empezó a protestar, pero inmediatamente trocó el gesto en una sonrisa. Sabía que Abby siempre necesitaría su parcela de independencia. Antes de la boda, se habían dividido la propiedad. El dinero que Cade había aportado ahora sería reinvertido en el centro de reposo. Puede que él hubiera dado el primer paso para salvar la herencia de su hijo, pero ahora ellos le estaban salvando a él.

—Creo que me gustaría renegociar los términos de nuestro acuerdo —dijo Cade.

Abby lo miró y habló con voz grave.

—Puede que tenga que llevarte a mi despacho y enseñarte algunas cosas. ¿Tienes tiempo?

—No estoy seguro —dijo Cade—. Voy a necesitar mucho para llevar a cabo todo lo que tengo en mente.

—Eso suena bien.

—Te aseguro que te va a gustar —dijo Cade, y fue él quien puso su caballo al galope.

Ya no se detuvieron hasta los establos. Uno de los nuevos empleados de Charlie se encargó de los caballos. Abby y Cade entraron en la casa. Iban riendo.

—Te quiero, señor Randell.

—Yo también la quiero, señora Randell —Cade la besó—. Dame un minuto y te demostraré cuánto te quiero.

Cade sabía lo afortunados que eran. No solo por estar juntos, sino porque habían recuperado esa conexión especial de su juventud.